光文社文庫

文庫書下ろし

おとろし屏風《びようぶ》

九十九字ふしぎ屋 商い中

霜島けい

光 文 社

この作品は光文社文庫のために書下ろされました。

目次

第一話

桜、ほろほろ

一

——よろず不思議、承り候

そう掲げた謳《うた》い文句のとおり、深川北六間堀町《ふかがわきたろっけんぼりまち》にある九十九字屋《つくもじや》は、この世の『不思議』を商品として扱っている。

それだけ聞けば大方の人間は何のことやらと首をひねるだろうが、ようは客が持ち込むあやかし絡みの事件を金を取って解決したり、いわく因縁のある品物を買い取っては珍品好きの好事家《こうずか》連中に売りつけるという商いだ。

店《たな》が風変わりなだけに店主も変わり者、名を冬吾《とうご》といい、齢《よわい》は三十前後。ひょろりとした体軀《たいく》に、月代《さかやき》を剃らずに無造作に伸ばした髪をひとつに括《くく》っている。前髪がぼさぼさと額に垂れているうえに、大きな眼鏡《めがね》が目鬘《めかずら》のように顔の半分を覆っているため、ぱっと見ただけでは顔立ちも表情もよくわからない。とりあえず、愛想というものに縁のない人物であることは確かだ。

店にはナツという三毛猫が一匹居ついていて、これが人間に化けるとなんとも艶《あで》やかな美女になる。早い話が化け猫である。

しかしたとえ店主が変人だろうが、猫が美人に化けようが、はたまた亡者や憑《つ》き物が絡む事件に巻き込まれて目が回りそうになったところで、九十九字屋の奉公人のるいにしてみれば、働き口があるだけで御の字だった。

そもそもるいは子供の頃から死んだ人間の霊が見える――それはもう生きている者とかわりないほどはっきりと見えるし、触ることだってできる――たちなので、幽霊が目の前にあらわれても、今さら驚きはしない。

それに幽霊は、死んでるってだけでちゃんと人間の姿をしているじゃないのと、るいは思う。お父《と》っつぁんに比べれば全然、奇天烈《きてれつ》じゃない。なんてったって、うちのお父っつぁんは、壁だもの。

そう、るいの父親の作蔵《さくぞう》は妖怪『ぬりかべ』なのだ。

生きている時は人間だったが、るいが十二の歳の冬に凍った夜道で足を滑らせ、そばの壁に頭を打ちつけてポックリと逝ってしまった。そのはずみで、魂がつるりと壁に入り込んでしまったのだろう。それからというもの、作蔵は壁のある場所ならどこにでもあらわれるようになった。壁から顔を出してしゃべるだけではなく、手や足をぬうっと伸ばしたりもする。もともと左官《さかん》で壁を塗るのが仕事だったが、何も自分が壁にならなくてもよさそうなものである。

ともあれ、父親が妖怪だと娘はいろいろと苦労するわけで、るいは二度も奉公先の店から追い出され、三つめの店は勝手につぶれたので作蔵のせいではなかったにしろ、路頭に迷って困っていた時にやっと見つけた働き口が九十九字屋であった。御の字とはそういう意味だ。

まあ馴染《なじ》んでみれば、冬吾は突《つ》っ慳貪《けんどん》であっても根は優しい人間だということがわかったし、ナツは何かと親切に世話をやいてくれるし、けして居心地の悪い店ではなかった。お父っつぁんだって妖怪でもいないよりずっといいわと思うるいである。

『不思議』な事件に振り回される日々を過ごしながら、気づけばるいが九十九字屋に奉公して、そろそろ一年が経とうとしていた。

享和《きょうわ》三年（一八〇三）、如月《きさらぎ》ももう末であった。

彼岸《ひがん》を過ぎれば江戸は春の盛り、肌に触れる陽射しも日に日に温かくなっていく。市中各所で桜が咲いて、人々の表情も目に見えて浮き立っていた。

しかし、花見だなんだと賑わう世間の空気とは裏腹に、るいはこのところさっぱり気分が晴れないでいる。

（まただわ……）

その日も、風呂敷包みを抱えて早足に通りを急いでいたるいは、角をひとつ曲がってひとけのない狭い路地に入ったとたん、思わず顔をしかめた。

冬吾に言われて、蔵にあった茶器を客に届ける途中である。

先方は本所元町《ほんじょもとまち》の紙問屋のご隠居、九十九字屋にとっては古くからのお得意様の一人だという。るいは会ったことのない客だが、前々から茶会で披露する道具を所望していたとかで、先だって冬吾が蔵の中からこの品を引っぱり出してきたのだ。

九十九字屋が商品として扱う物なのだから、この茶器もさぞかしおかしないわくがくっついているに違いないと、るいは思う。木箱に入れて紐で縛ってあるけれども、万が一にも落として壊したりしたら大変だ。茶器に取っ憑いているモノが出てきて祟《たた》るかもしれないし、それより冬吾に粗相を叱られるのは仕方がないにしても、その後しばらくは盛大に嫌味を言われるだろうと思うと、風呂敷包みを持つ手にもぐっと力がこもるというものだ。

それにしたって、死者の霊が憑いているとか、それ自体が化け物になってしまった器物を気味悪がって店に売りに来る者がいるのは理解できるけど、逆にそれを喜んで買っていく人間がいるというのが、るいには今ひとつよくわからない。好事家というのは風流か物好きかで、九十九字屋の客は間違いなく後者だ。あたしだったらお金をもらっていらないけどなあと、ついついるいは首をかしげてしまう。もちろん、そういうお客様のおかげで店も商売ができるのだから、そんなことは口に出したりしないけれど。

もっとも冬吾に言わせれば、あやかしの品でも持ち主次第で、立派な宝にもなるそうな。そこは客を選んで、売っても障《さわ》りがないかはきちんと見極めているのだろう。実際、売り物のことで客から苦情が出たことは、少なくともるいが九十九字屋で働きはじめてから、一度もなかった。

さて。

差し迫って今この時の問題は、奉公する店に関することでも、胸元に抱えている茶器のことでもない。この頃るいの胸の中にずんと根を下ろしている憂鬱《ゆううつ》の元凶が、ちょうど目の前にいることである。

家と家の隙間を細く縫うような薄暗い路地で、とっさに足を止めてしまったまま、るいは大きなため息をついた。

視線の先に、人影がある。

るいの行く手に立ちふさがるように、路地の中ほどに佇《たたず》んでいたのは、一人の娘であった。

粗末ななりをして、肩のあたりなど薄っぺらいほど痩せている。少し俯《うつむ》きながら上目遣いにこちらを見ているが、大きな目は落ちくぼみ、肌の色は血の気《け》が抜けてひやひやと青白かった。

(そりゃ、顔色が悪いのは仕方ないわよねえ。死んでるんだもの)

相手からさりげなく目を逸《そ》らせて、るいはうなずいた。

この娘はとっくに生きた人間ではない。幽霊である。名前を、おコウという。

ありがたくないことに、今ではすっかり顔馴染みになってしまった。というのも、この数日、おコウはたびたび——多い時には一日に二、三度もるいの前に姿を見せていたからだ。

気づけば視界の隅に立っている。いつの間にか背後から音もなくついてくることもあるし、ふと目を向けた物陰からじっとこちらを見つめていることもあった。るいも初めのうちはぎょっとしたものだが、今はもうすっかり慣れて、いい加減うんざりしていた。

おコウが初めてあらわれたのは、ちょうどひと月ばかり前の、睦月《むつき》も終わりの頃だった。道端でうっかり取り憑かれてしまって、その後のことはるい自身はまったくおぼえていないのだが、冬吾にむかってこんこんと繰り返し訴えていたらしい。

——八枝《やつえ》様を助けて。

——あそこから、出してあげてください。お願いです、八枝様を。

八枝という女の身の上については、るいもすでに聞いている。とあるお店の主人の妾《めかけ》だった彼女は、本妻の手によって座敷牢に閉じこめられ、そのまま牢の中で首を括って死んでしまったのだという。なんとも惨《むご》い話だ。

それでは怨恨《えんこん》が残るのも当然で、八枝の死後、本妻も主人も彼女の死に係わった者はことごとく、祟りによって悲惨な末路をたどった。

そこまでならば、極悪非道の行いの報いとも言えよう。ところが、事はそれだけではすまなかった。

その七年後、何も知らずに座敷牢のあった屋敷を買い取った別の店の主人は、本人ばかりか家族も使用人もほとんどが命を落として店がつぶれるという惨事にみまわれた。八枝の件とは無関係だったにも拘わらずだ。

八枝の死から三十年近くが過ぎた今も、その屋敷は江戸のどこか郊外にそのまま残っているらしい。

女の亡魂《ぼうこん》は今もまだそこにいる。内倉の真っ暗な座敷牢の中、その凄まじい怨念とともに。祟りが怖ければ何人《なんぴと》もその屋敷に近づいてはならない、どなた様もけして係わりあいになられませぬように——と、さしずめ怪談ならば、そこで結びとなるところだろう。

しかし、現実にはこの話には先がある。終わらずにまだ、つづいている。

おコウがるいの前に姿をあらわしたのは、偶然ではない。どうやら冬吾は、過去に何らかのかたちで八枝の祟りと係わっており、そのせいで九十九字屋の奉公人のるいが、とばっちりをくった……いや、この一件に巻き込まれてしまったということのようだった。

ただ、冬吾に昔何があったのか、詳しいことをるいは知らない。きちんと話すと言いながら、いざとなると冬吾は躊躇《ちゅうちょ》しているように見えた。きっと、心底から口にはしたくない話なのだろう。ならば無理に聞かなくてもいいと、るいは思っている。

――前におコウがあらわれた時には、私の母が死んだ。

それは痛ましい出来事だったのだろうから。

(でも、困ったなあ)

おコウを横目で見ながら、るいはううんと考え込んだ。

冬吾には、この娘を見かけたらすぐに逃げろと忠告されている。だから今すぐ踵《きびす》を返して来た方向に引き返すのが正しいのだろうけど。

(ここ、近道なのよね)

先方へ向かうのに、この路地を通るのでなければ、少しばかり遠回りをすることになってしまう。

一度冬吾に追い払われてから、しばらくおコウは寄りついてこなかったのに、ここにきて頻々《ひんぴん》と姿を見せるのはどうしたことか。

(というか、どうしてあたしなのかしら)

頼まれたって何もできないのにと、るいは首を捻《ひね》った。

そもそもおコウが何者なのか、八枝とどういう関係にあるのかも、るいは知らないのだ。おコウの言う「あそこ」とは座敷牢のことに相違なく、こうしてあらわれては八枝を牢から出してくれと懇願するからには、きっと生前は八枝の身近にいた者なのだろうが。

ただでさえ陽の射さぬ路地だというのに、そこに佇むおコウの周囲はいっそう暗く陰って見えた。まるで娘の霊を中心に、うっすらとした闇が立ちのぼっているみたいだ。るいは眉間《みけん》に皺《しわ》を寄せた。

(だから、そういう陰気なのはあたしは苦手なのよ)

昼間に出てくるからよけいに影が薄くなっちゃって、もう少し明るい顔でしゃんと背筋くらい伸ばせないものかしらと、幽霊を相手に無茶なことを考えるるいである。

不思議なことに、おコウがあらわれる時にはいつも、それが合図であるかのようにどこからともなく梅の花の匂いがした。冬の冷気の名残《なごり》のような、清冽《せいれつ》な花の香だ。それだってなぜかはわからない。世間はもう桜が満開の時季なのに。

「……どうしよう」

早いとこ消えてくれないかしらとその場で足踏みしながら、ぽろりと声が漏れた。

とたん、上目遣いだったおコウが顔をあげた。助けてください、と血の気のない唇が動いた。

「八枝様を……お願い……八枝様が……あんまり、お気の毒です。どうか……」

ああしまったと、るいは肩を落とす。おコウの言葉に耳を貸してはいけないと、これも冬吾に言われていることだ。

（あたし、あんたに同情するわけにはいかないのよ）

よし、とるいは心を決めた。無視しよう。ここで立ち止まっていたぶん、時間を無駄にしてしまった。何も見なかったことにして、このまま路地を突っ切ってしまおう。

ところが、小走りにおコウの横を通り過ぎようとして一歩踏み出したとたん、娘の様子が変わった。ハッとしたように、すっと後ろにさがった。

（あら？）

さらに数歩、るいが前に出ただけ、おコウも遠ざかる。路地の入り口から半ばほどまでの距離が縮まることなく、今度はるいが相手を追いかけているような塩梅《あんばい》だ。

どうしたんだろうと首をかしげてから、るいは気づいた。風呂敷包みを抱えたまま、片手でそっと懐をおさえる。そこに、以前に冬吾からもらった護符が入っていた。用心のために、いつも肌身離さず身につけているものだ。

そうか、この護符のおかげだ。これが怖くておコウは近づいてこないどころか、ああして逃げているんだわ。そういえば今までだって、姿を見せてもそばには寄ってこなかったじゃないの。

(なぁんだ)

だったら、困ることもなかった。もっと早くに気がつけばよかったわと思いながら、るいはずんずんと足を速めた。

ついに路地から押し出されるような格好で反対側の通りに逃げたおコウは、そのまま明るい陽射しに溶けるようにして、ふうっと姿を消した。――その寸前、娘の表情がなんとも頼りなく悲しげに見えたものだから、るいは目を瞬《しばたた》かせた。

「な、なによ……」

胸の中に、いきなりきゅっと引っ掻き傷ができたような気がした。

「なにもそんな、泣きそうな顔をしなくたっていいじゃない。これじゃまるで、あたしが苛《いじ》めたみたいじゃないの」

仕方ないでしょ、お使いの途中で急いでいるんだから……と、もごもご呟きながらるいは通りに出た。広い道の左右を見回しても、おコウの姿はどこにもない。

同情は禁物だ。おコウに係わると、きっと悪いことが起こる。

でも。

（……なんだってこんな、嫌な気分になるのよ）

お使い先の店を目指して歩きながら、るいはどうにも腑《ふ》に落ちない気分で、肩を落とした。


店に戻ると、人間の姿で上がり口に腰掛けていたナツが「お帰り」と声をかけてきた。

「桜餅《さくらもち》を買ってきたよ。一緒に食べようと思ってね」

「わあ、嬉しい」

るいははしゃいだ声をあげると、下駄を脱いだ。

「お茶を淹《い》れますね」

「白湯《さゆ》でいいよ」

冬吾はさっさと自分のぶんの桜餅を持って二階へ上がっていったというから、るいは二つの湯呑みに白湯を注いで、ナツの隣に座った。

「どうしたんだい、冴《さ》えない顔をしてさ」

湯呑みを掌《てのひら》でくるむようにして白湯をすすりながら、ナツが訊いた。桜餅を頬張っていたるいは、思わず「えっ」と言葉と餡《あん》を喉《のど》に詰まらせる。

慌てて白湯を飲んでから、

「そんな顔、してます？」

精一杯、桜餅が嬉しいって顔をしていたのに——まあ、嬉しかったのは本当だけれど——と、るいは指で自分のほっぺたを引っぱった。

「戸口から入ってきたとたんに、そう思ったんだよ。なんていうかこう、どんよりって感じでさ」

「どんより、ですか」

あんたは自分の気持ちがすぐに顔に出るからねえと、ナツは笑った。

「で、何かあったのかい」

「実は……」

るいは、最近よくおコウがあらわれることや、今日のお使いの途中での出来事をナツに話した。

「なるほどね」

ナツは聞いて、目を細める。そういう表情は猫の時と同じだと、見ていてるいは思う。

「そのことを、冬吾は知っているのかねえ」

いえ、とるいは首を振った。

「冬吾様には話していません、まだ……」

「どうして」

「えっと、それは」るいは言いよどんだ。「護符があるから近くにはこないし、あっちはただそこにいるだけだし。あたしも別段、危険な目にあっているわけじゃないから、どうしようかなと思っていて」

「だって、困っているんだろ？」

「困っているというか、鬱陶《うっとう》しいのは確かですね」

本当は、こういうことはちゃんと冬吾に言ったほうがいいと、るいだって思うのだ。でもなんとなく、ぐずぐずと言い出せずにいる。それでもう何日か経ってしまった。

だけどるいがおコウのことを伝えれば、冬吾は否応なく昔の話をしなければならなくなるだろう。初めておコウが姿をあらわしてから、少しばかり冬吾の様子が変わってしまったように感じている、るいだ。威張《いば》りんぼで突っ慳貪なくせに、ところどころ優しい冬吾が、ふとぼんやりして表情を陰らせる。るいは、それを見たくなかった。

(そりゃ、このままでいいとは思わないけど)

冬吾も自分も一生懸命に取り繕って、なんでもない普段の日々を送ろうとしているような、ぎこちないものはるいも感じている。そんなのは嫌だ。でも。

でも……。

はあ、とるいは盛大にため息をついた。

「いっそとんでもなく怖い霊ならまだわかるんですけど、おコウはそんなふうには見えないから」

それもるいが迷う原因だった。

だっておコウは自分の恨み言であらわれるわけじゃない。訴えるのは、八枝を救ってほしいということだけだ。誰かを救ってほしいと願う者が、本当に悪霊なんだろうか。

しかし一方で、おコウのせいで過去に人死にがあったというのは本当のことで。

「そう見えないから厄介《やっかい》ってこともあるけどね」

「あたし、幽霊を見る目がないのかしら」

眉を寄せたるいを見て、なんだいそれはとナツは可笑《おか》しそうに言う。

「だって」

おまえは霊の姿を目で見ているだけだと、冬吾によく言われる。人間と同じようにはっきりと見えてしまうから、逆に気配だとか念の深さだとかその類《たぐい》のことはよくわからない。生きている人間だって、ぱっと見ただけでは何を考えているのかわかりゃしないのと一緒で、幽霊だってまず見た目での判断になってしまう。

で、るいの印象としてはおコウはどうしても「怖くない」のだ。

「うーん」

ぐるぐると考えているうちにわけがわからなくなって、るいは頭を抱えた。

と、その時、野太い声が響いた。

「なにをうだうだ言っていやがる。どのみち係わるなって言われてんだから、いいも悪いもあるかよ」

土間の壁の表面がぞぞっと波打って、鏝《こて》で漆喰《しっくい》を盛り上げたように作蔵の顔がそこに浮かび上がった。

「あら、お父っつぁん」

「辛気くせえなあ。おめえも店主も、このところどうかしちまってるぜ」

ふん、と作蔵は鼻を鳴らした。

「こういう時はあれだ、景気づけにぱーっと」

「何よ」

「花見だ、花見」

だと思ったわと、るいは天井を仰いだ。

昨日も一昨日《おととい》も作蔵は花見がしたいと言って騒いでいたのだ。

「考えてみりゃ俺ぁ、死んでからろくに花見もしてねえ。去年の桜の頃なんざ、親不孝な娘のせいで寺に押し込められてたしな」

「あたしだって、お父っつぁんが死んじまって奉公に出なきゃならなかったから、花見になんか行っている暇はなかったわよ」

恨めしそうに言う作蔵に向かって、るいはぷくっと頬をふくらませた。

悪くないねとうなずいたのは、ナツだ。

「いいじゃないか。皆で賑やかに桜を愛《め》でるのは、この時季のお楽しみだ。いっそ明日あたり、弁当を持って出かけるってのはどうだい」

え、とるいは目を瞠《みは》った。

「でも、お店が」

「どうせ客なんてきやしないさ。一日くらい店を閉めたって、誰も困りゃしないよ。実を言えばあたしも、わざわざ花見に繰り出すってのはずいぶんと久しぶりだ」

たまにはそういう憂さ晴らしもいいじゃないかと、ナツは言う。

「弁当は、筧屋《かけいや》に頼んで用意してもらおう」

「もちろん、酒もつくんだろうなあ」

作蔵が舌なめずりをする。

「お父っつぁんたら。お酒は駄目だっていつも言ってるでしょ」

「けっ、野暮なことを言うねい。酒は百薬の長って言葉を知らねえのか」

「その酒のせいで、酔っぱらって足を滑らせておっ死《ち》んだくせに。薬が聞いて呆《あき》れるわよ。ちょっとは懲りてよ」

ちなみに作蔵は、酒好きではあるが酒に強いたちではない。

「ああ、うるせえ。まったくおめえは、いちいちガミガミと可愛げがねえ」

「なによう」

父娘のいつもの口げんかを尻目に、ナツは二階にあがっていった。花見の話を伝えると、店を閉めるのはかまわないが俺は行かんぞという店主の返答だ。それを聞いてるいはがっかりしたが、もともと冬吾が人の多い場所を苦手とすることも知っていたので、仕方がないとこっそりとため息をついた。

翌日は穏やかに晴れて、絶好の花見日和《びより》となった。

「どこへ行くんですか？」

行く先を告げずに歩きだしたナツのあとを、弁当のお重を持って追いかけながら、るいは訊《たず》ねた。桜の名所なら上野《うえの》かしら浅草《あさくさ》かしら、墨堤《ぼくてい》なら長命寺《ちょうめいじ》で桜餅を買わなくちゃなどと思っていたのだが、ナツが足を向けたのは九十九字屋のある北六間堀町より南である。

(もしかして、八幡様《はちまんさま》かな)

富ケ岡《とみがおか》八幡宮の境内《けいだい》には桜の名木があって、るいも子供の頃には何度か同じ長屋の住人たちと一緒に花見をしたものだ。

けれどもナツは、

「なに、すぐ近くさ」

ふふっと笑ってそう言ったきりだった。

近場に花見ができるようなところがあったかしらと首をひねっているうちに、小名木《おなぎ》川《がわ》にさしかかった。ナツが川沿いを大川《おおかわ》とは反対の方角に歩いていくのを見て、るいはいよいよ首をかしげることになった。

川の両岸には武家屋敷の塀が連なって、桜の薄紅の色も見えはするが、名所ほどの賑わいはない。桜よりも松の木のほうが有名な川である。舟で通りすがりに眺めるぶんには桜も美しいだろうが、周辺が武家地ということもあって毛氈《もうせん》を広げて飲み騒ぐ者の姿もなく、川辺は静かなものだった。

「おいおい」

屋敷の塀に沿って歩いていると、案の定、作蔵の不満げな声がした。

「こんなところで通夜みてえな花見をするつもりかよ。茶番も三味《しゃみ》もありゃしねえぞ」

「悪いかい。もともとあんたのためじゃないか」

「なんだと」

「桜の横におあつらえ向きにあんたのいられる壁がありゃいいけどね。堤の上じゃ無理な話だし、他の場所だってあんたの姿を他人に見られるわけにはいかないだろ。武家の花見じゃあるまいし、まさか幔幕《まんまく》で囲うわけにもいかないからねえ」

そのとおりなので、作蔵は壁の中でううと呻《うめ》いた。

「なに、これから行く場所なら、あんただってちゃんと楽しめるさ」

あやかしだろうが無礼講だと呟くと、ナツは水辺に下りた。一本の桜の下で足を止めると、ああここだと一人うなずいて、店から持ってきた薄い板のような包みを解《ほど》いた。

包みの中身がずっと気になっていたるいだが、あらわれたのは、縦横それぞれ二尺と三尺の枕屏風《まくらびょうぶ》である。ナツは折りたたまれていたそれを広げると、桜の根元にそっと置いた。

相当古い品らしく、屏風はところどころ傷んで虫食いの痕《あと》などもある。何より、どうしてこんなものをと、るいは目を丸くした。

「キヨの頃から店の蔵にあったものさ。冬吾に頼んで、借りてきたんだ」

キヨというのは九十九字屋の先代の主人で、冬吾の養い親である。冬吾を養子に迎えた時にはすでに、齢《よわい》八十にもなろうかという老女だったらしい。

「はあ」

よく見れば、屏風には爛漫《らんまん》の桜が描かれていた。風よけにするのなら、まあ花見の席にふさわしい絵柄といえるが、それにしてもこんな古ぼけたものじゃなくてもよさそうなものだとるいは思う。

ふわり。その時、柔らかな風が立って、目の隅で薄紅の花弁が揺れた。

(え……?)

枕屏風から目を離し、あたりを見回して、るいは仰天した。

「わ……」

川をはさんであちらとこちら、水面《みなも》までも花の色に染めて、見渡すかぎりに桜が満開に咲き誇っている。いったいどれほどの数だろう。春の明るい陽の中、あるかなしかの風に無数の花弁が揺れるさまは、まるで薄紅の雲がたなびくような美しさだ。

束の間うっとりしてから、るいは弾《はじ》かれたようにナツを振り返った。

「ナツさん、ここ、どこですか!?　まさかあの世の極楽なんじゃゃ……」

とたん、うおう驚いたと野太い声を間近に聞いて、るいは手にしていた重箱を取り落としそうになった。

「お、お父っつぁん!」

作蔵がそこに立っていた。壁ではない。生きていた時のまま、人の姿である。本人も怪訝《けげん》そうに、自分の身体《からだ》のあちこちを撫《な》で回して首をかしげている。

「おっと」

前に踏みだそうとしてよろめき、そういや足で歩くのは久しぶりだと顔をしかめた。

「お父っつぁんが壁じゃなくなってるなんて、やっぱりここはあの世なんだわ」

「馬鹿野郎、俺はまだ成仏してねぇ」

「だったらどういうことよ？」

「俺にもわからねえよ。気がついたらこうなってたんだ」

あらまあ、お父っつぁんが丸ごとお父っつぁんの姿だなんて、ずいぶんと久しぶりだわ。壁のお父っつぁんを見慣れているから、なんだかおかしな感じ……と、作蔵をまじまじと見つめてるいは思った。

まったくこれは、どういうことだろう。

作蔵のことといい、この見事な桜の風景といい。九十九字屋で働くようになって、『不思議』な出来事にはたいがい慣れたつもりだったけれども。

「いいから、こっちに来てお座りよ」

ナツは枕屏風と一緒に持ってきていた茣蓙《ござ》を地面に広げると、るいから受け取ったお重を並べた。

弁当の蓋を開けて、るいはわっと歓声をあげた。

かまぼこ、筍《たけのこ》やわらびの煮物、蒸し鰈《がれい》。卵焼き、うどの酢味噌あえや土筆《つくし》のおひたしに餅菓子などなど。筧屋の女将《おかみ》の自慢の料理が目にも楽しい彩りで重箱に詰められていた。小ぶりの握り飯は表面を香ばしく焼いてある。

るいはさっそく卵焼きを皿に取りわけて、ぱくりと頬張った。

「美味《おい》しい！」

ふんわりと甘い卵焼きは、特別な日にしか食べることのできない贅沢品《ぜいたくひん》だ。ほっこりと、しばし幸せな気分に浸ってから、るいはあらためてあたりを見回した。どこからか三味線の音色をまじえた囃子《はやし》が聞こえてくる。大勢の陽気な笑い声や歌声も。川向こうからのようだ。

（あっちにも人がいるのね）

目を凝らすと、桜の合間を散策する人影がいくつも見えた。

「懐かしい自分の身体はどうだい？　たまにはいいもんだろ」

「なんだか重ってぇなあ。人間の身体ってな、存外、窮屈なもんだな。……うん、こいつはいける。いい酒だ」

莫蓙に胡座《あぐら》をかいていた作蔵は、ナツが瓢簞《ひょうたん》から注いだ盃《さかずき》の酒をきゅっと飲み干すと、すでに上機嫌である。お酒は駄目って言っているのにとるいが睨《にら》んでも、知らん顔だ。

「まあ、今日くらいはいいじゃないか」

自分の盃にも酒を満たして、ナツが笑う。

「でもお父っつぁんはすぐに酔っぱらうから」

「酔いつぶれちまったら、屛風ごと運べばいいさ」

「え……」

るいは箸を持つ手を止めて、傍らに置いたままの枕屛風に目を向けた。

(あれれ?)

屛風の絵柄が変わっていることに気づいて、目を瞬かせる。満開の桜が描かれていたはずなのに、今見ると枝に半分ほどしか花をつけていない桜の木が、武家屋敷の塀を背景にぽつんと立つ、殺風景なものになっていた。

よくよく屏風を見つめて、るいはあっと思った。

(これ、さっきまであたしたちがいた、小名木川の川岸の風景だわ)

「この屏風は、戸口みたいなものでね」

ナツは盃を置くと、指先で枕屏風の縁を撫でた。

「戸口？」

「ああ。さっきあんた、ここはあの世の極楽かって訊いただろ。極楽かどうかは知らないけれど、確かにあの世にとても近い、そうさね、一歩手前くらいの場所だ」

「え、え？」

驚くるいを見て、ナツはニッと笑んだ。

「川のあちら側は本物の彼岸さ。だから、どんなに近くに見えていても、生きているあんたにはこの川は渡れない。今はまだね」

「でも、あっちにも花見を楽しんでいる人たちが……お囃子や歌も聞こえて、楽しそうですけど……」

言い止《さ》して、るいは寸の間黙った。

「もしかすると、あちらは皆さん、すでにお亡くなりですか」

「そういうことだね」

「じゃ、じゃあこの川は、もしかすると三途《さんず》の川……？」

「さあて。三途の川なら河原は石ころだらけで鬼がいるってね。こんなに豪勢に桜が咲いているってことは、別の川じゃないかね」

初耳だ。別の川もあったのか。

「どのみち彼岸と此岸をわけるのは水なんだろ。詳しいことはあたしも知らないよ」

「はあぁ」

深くは考えないことにして、るいはせっせとかまぼこを嚙んだ。鰈はふっくら、筍も出汁《だし》がよくしみて、とても美味しい。

(桜も綺麗だし)

あの世の一歩手前ということは、現世でもない場所なのだろう。そういう『不思議』なところだから、お父っつぁんも人の姿でいられるに違いない。――きっと、寝ている間の夢みたいなものだ。うん、それならなんでもありだわと、るいは思った。

こちらに来る前には屛風の絵は満開の桜であったのに、今は小名木川の川辺が描かれている。

なるほどナツが言うとおり、この枕屏風は、たとえば家の外と内をつなぐように、二つの場所をつないでいる戸口のようなものなのだろう。

そんな奇妙なモノが世の中にあるなんて。しかも九十九字屋の蔵の中にあったなんてと、るいはつくづく感心した。自分の父親が壁の妖怪なのと同じくらい、吃驚《びっくり》することだ。

（あら、だったらこの屏風があれば、いつだってここへ来てお花見ができるってことじゃないかしら）

しかしるいがそう言うと、ナツは首を振った。

「そう簡単でもないのさ。なにしろ気難しいシロモノでね。古い物だから、持ち主が誰だったかとか、なぜ手放したのかとか、いわくは何もわかりゃしない。花見ができるのもこの時季だけだ。巷《ちまた》に桜が咲いているほんの短い期間のうちに、屏風を広げる場所や天気や時刻や、他にもいろいろな条件が揃わないとここに来ることはできない。誰彼かまわずってわけでもなさそうだし」

それはまあ、あの世だって年がら年中桜が咲いているわけじゃないでしょうしねと、

さ」

「昔、何度かキヨと一緒にここで花見をしたよ。小名木川のあの場所で屏風を広げて
るいは思う。

「冬吾様も？」

「ああ、いかにも嫌々って顔をしていたけれどね」

「冬吾様は心底、人の集まる場所が嫌いなんですね」

「相手が死んでいるのなら、なおのことだ」

美味しいお弁当をたらふく食べて、お腹《なか》はいっぱいだ。ちょっと行儀が悪いけど、るいは莫蓙の上でよいしょと足を伸ばした。見上げると、花々の間にのぞく空が青い。この空は、あの世ともこの世ともつづいているのだろうか。

「こちら側にはあまり人はいないんですね」

「そりゃ、ここまで来たらとっとと対岸に渡っちまうからだろ」

そっかとるいはうなずいた。茶店のひとつもあればいいのにと思っていたけど、立ち寄る客がほとんどいないのだろう。

ふと見ると、作蔵はすでに酔いつぶれて、寝っ転がって高鼾《たかいびき》をかいている。

「やれやれ。本当にたいした量は飲めないんだね」

呆れたように言うナツのほうは、盃を重ねても顔色ひとつ変わっていない。

「うん。それにお父っつぁんは酔っぱらってもくだをまいたり、誰かを殴ったりすることはなかったから、おっ母《か》さんも怒ってはいたけど大目に見ていたところもあったと思う」

今こうして見ると、お父っつぁんが酔って寝ている姿も懐かしいものだと、るいはしんみりした。

「お父っつぁんたら、風邪をひくよ」

いや、あやかしだから病気にはならないか。でも昔はよく、酒を飲んで帰ってきて寝入ってしまったお父っつぁんに、こんなふうに声をかけたものだ。

すると、鼾がぴたりとやんだ。作蔵は目を閉じたまままむっくり身体を起こして、

「俺ぁ、壁だぁ。壁ってなぁ、どっしりしてるからいいんだ。わかるかぁ、男ってやつはどっしりしてなきゃなんねえんだ」

ろれつの回らない口調でまくしたてたかと思うと、またひっくり返って鼾をかきはじめた。

「なにを言ってんだか」

「寝言だろ」

「お父っつぁん、よくよく壁が好きなんだわ」

呆れ顔のるいを横目で見て、ナツは笑いを嚙み殺す。

「どのみち、あんたのそばにいられりゃ何でもいいんだろうさ」

「うーん」

それはまあ、妖怪でなければ幽霊になっていたかもしれないわけで、壁のお父っつぁんと幽霊のお父っつぁん、どちらのほうがいいかといえば……どっちでもいいか。お父っつぁんにかわりがあるでなし。

「あら」

遠くに渡し舟を見つけて、るいは目を瞠った。

「あの舟、向こう岸からこっち岸へ人を渡していますけど」

るいがそちらを指差すと、ナツはああとうなずいた。

「たまにああして戻ってくる連中もいるんだよ」

「え、あの世からですか？」

「親しい者が今際《いまわ》のきわにあって迎えに行くのかもしれないし、遺してきた家族があまりに嘆くからせめて夢枕にでも立ってやろうってことかもしれないさ。なに、あっちに渡った者は現世に長居はできないから、用事がすめばすぐに戻ってくる」

あんなに楽しそうに見えるのにと、対岸の桜を見つめてるいは思った。

胸が痛いのは、死者の現世に遺してきた者たちへの想いの深さを、これまで幾度も見てきたからだ。

「でもさ、こう言っちゃなんだけど、そういう心残りがあるっていうのは多分、本人が生きている時は人なみに普通に幸せだったからじゃないかねえ。また会いたい相手がいるのも、嘆いてくれる身内がいるのもさ。少なくとも、あそこにたどり着くこともできない連中よりかは、ずっとね」

呟くように言ってから、るいの浮かない顔を見て、ナツは口もとに手をやった。

「おや、悪かったね。せっかくの花見だってのに、こんな話。あんただって、迷っちまった連中はたんと見ているのに」

いいえ、とるいは首を振った。

「ちょっと……このところ気になっていることがあったものだから」

「何だい」

「おコウのことなんです」

それこそ花見の場で言うことでもないけれど、この際だ。

「おコウがあらわれる時、いつも梅の花の匂いがするんです。梅なんてもう、とっくに咲いていないのに。何か梅の花に未練でもあるのかなって思って」

ああそれはと言いかけて、ナツはちょっと黙り込む。

「死んだ時に、梅が咲いていたんじゃないかね」

「梅が？」

「その娘が最期《さいご》に見たのは梅の花だったのかもしれないよ。それで、そのまま時が止まっちまってる。……そういう霊もいるのさ。おかげで自分が死んだ場所から一歩も動けなくなった奴やら、死んだことすら気づいていないから身体はとうにないのに何度も命を絶とうとする奴やら」

哀れだねと、ナツはぽつりと呟いた。

るいは首を竦《すく》めた。これまであまり気にしてこなかったけれど、今まで見た幽霊の中には、そういう事情の者もいたのかもしれない。

こちら岸を風が吹き抜け、桜の枝がうねった。薄紅の花びらが舞って、茣蓙の上にも散り落ちる。その光景を綺麗だと思ってから、るいはまた空を見上げた。

(じゃあ、おコウは……)

そうなのだろうか。ナツが言うように、時が止まってしまっているのだろうか。死んだ時のまま。梅が咲く、まだ凍《い》てつくほど寒い頃のまま。

(桜が咲いても、おコウには見えないのかしら)

ぼんやりと空を眺めるるいを見て、ナツは苦笑を浮かべた。

「昨日も思ったけど、どうしてそんなに、その娘のことを気にかけるんだい」

「え、いえ、気にかけてなんか」るいは視線を戻すと、慌てて言った。「可哀想だなんて、これっぽちも思ってませんよ。冬吾様にも言われてますから」

「そうかい」

しいて言えば一度取り憑かれた縁だ。同じ年頃の娘だからよけい、気になるのかもしれない。

「さて。酒もなくなったし、そろそろ帰ろうか」

ナツがお重を片付けはじめたのを見て、るいは急いで「お父っつぁん」と作蔵を揺さぶった。

「……駄目。全然起きない」

「仕方がない。そのままにしときな」

重箱を風呂敷に包んでるいに手渡すと、ナツは枕屏風を摑《つか》んでぱたりと閉じた。

その一瞬で風景が入れ替わり、るいはぱちぱちと目を瞬かせる。視界一杯に広がっていた桜が消えて、もといた小名木川の川辺に立っていた。

「うわあ」

こういうものだとすでに知っていても、やっぱり驚く。るいは、武家屋敷の塀が連なる川岸の風景を見回した。

「あのう……それで、お父っつぁんは……」

「大丈夫だよ」

ナツは屏風をもとのように包んで抱え持つと、ニッと笑った。

「店に着いたら、この中から振り出しゃいいさ」

「そ、そうですか」

すました顔で歩きだしたナツを追いかけながら、るいは今日何度目か、目を丸くしたのだった。

二

花見の二日後のことだった。

「あら」

壺の中の油《あぶら》がずいぶん減っていることに気づいて、買い足しておこうと、るいは油徳利《とっくり》を手に外に出た。

「これじゃ行灯《あんどん》の油を買うんだか、ナツさんの好物を買いに行くのだか、わからないわね」

というのも、猫の姿に戻っている時にナツが度々、行灯の油を舐《な》めてしまうからである。さすが化け猫だとるいは思うが、冬吾によれば普通の猫だって魚油の匂いに惹《ひ》かれて油を舐めることはあるそうな。

（でもナツさんは、魚油よりも高級品の菜種油のほうが好きなのよねえ。……それってやっぱり、魚の匂いがどうこうじゃなくて、油が好物なだけなんじゃないかしら）

そんなことを考えながら近所の油屋を目指していると、

(あ、出た)

案の定、道端の天水桶の陰におコウを見つけた。無論、そうとわかるのはるいだけで、他の通行人たちにその姿は見えていないだろう。

(見ないふり、見ないふり)

どうせ護符があるから近づいてはこないのだしと、そちらに目を向けないようにして、るいは足を速めた。そのまましばらく歩いてから、肩越しにちらりと後ろをうかがう。おコウはそばに寄ってはこないが、離れるということもしない。たいていの場合、つかず離れずという感じで、あきらめて姿を消すまでるいの後からついてくる。先日のように路地で目の前に立っているというのは、珍しいことだったかもしれない。

しかし。背後を一瞥《いちべつ》したるいは、あれれと首をかしげた。

おコウがいない。

(どこへ行ったんだろ)

そりゃまあ消えたのなら、ありがたいけど。今日はえらく思い切りがいいわね、などと思いながら、身体ごと振り返って通りを見渡し、るいはハッとした。

遠くにおコウの姿があった。消えずに、るいが向かう先とは逆方向に遠ざかっていく。どうやら、通りすがりらしい親子の後を追いかけているらしいとわかって、るいは仰天した。

「ちょ、ちょっと待って……！」

まさか、今度はあの親子に取り憑くつもりだろうか。母親と、それに手をひかれて歩く幼い男の子。

まずい、と思った瞬間に、るいは油徳利を地べたに置いて、おコウに向かってまっしぐらに駆け出していた。

途中で懐から護符を抜き取って、投げ捨てる。そのままひた走って親子に、いやおコウに追いつくと、むずとその腕を掴んだ。

振り向いた親子の驚いた様子にはかまわず、幽霊を引っ掴んだまま、猛然とその場を駆け抜けた。るいにとっては、霊とは紙のごとく軽いものだ。おコウはまるで空中を泳ぐように、るいに引っぱられていく。

両側が長屋の板塀になった、小道というより狭い隙間に駆け込んで、るいは大きく息をついた。周囲に人影がないことを確かめて、おコウの腕を放した。

「あ、あんたね、何をしてるのよ!? 知らない人に、のこのこついていくんじゃないわよ!」

ぜいぜいと肩を上下させながら言うと、おコウはぽかんとるいを見返した。

(あ、しまった)

おコウを捕まえるために、とっさに護符を捨ててしまった。

「ええっと」

どうしようかなと思案していると、おコウが動いた。なんだかおそるおそるというふうではあったが、るいに向かって手を伸ばしてきた。

(同じ手をくらうもんですか)

こないだは油断したから憑かれてしまったけど、今度はそうはいかないわよ。るいは逆にその腕をもう一度摑み取ると、身体をねじってえいっとばかりにおコウを放り投げた。

「あ……」

相当驚いたのだろう。おコウはぽんと吹っ飛んで地面に尻餅をつくと、目をむいた。

ようよう口が動いて、か細い声が漏れた。

「や……つえ、さ、ま……」

「八枝のことは後回しにして！　どういうつもりだったか答えなさい！　さっきの親子に取り憑くつもりだったの？」

るいは両手を腰に置いて、声を強める。睨まれて、おコウはぴくりと身体を震わせた。

「ち……」

違う、と口が動く。

「あた、し……あたし、は……」

言いかけて、黙り込む。言葉がつっかえるような物言いに、るいは眉を寄せた。

そうか、と気がついた。八枝の一件はずいぶん前のことだ。正確には知らないけれども、るいが生まれるずっと前。つまり、おコウも死んでからそれくらいの年月は経っているはずだ。

おコウが口にするのはいつも、八枝を助けて欲しいということだけ。長い間それだけだったから、いざ他のことをしゃべろうとすると、金具が錆《さ》びたみたいに口が軋《きし》んでしまうに違いない。

「あんた、おコウっていうんでしょ」

「……」

「いいわ。ゆっくりしゃべればいいわよ。――それと言っておくけど、あたしに取り憑くのはもう、なしよ。二度とやらないで」

地面にへたり込んだまま、おコウはなんとも心細げな、途方にくれたような顔になった。今にもべそでもかきだしそうな、幼い子供みたいな顔だとるいは思う。同じ年頃の娘だと思っていたけど、ひょっとするとこの年十六になったるいよりも、二つ三つ年下かもしれない。だとすれば、本当に子供のようなものだ。

なんとなく、るいは大きなため息をついてしまった。少し声をやわらげて、

「あのねえ。何もあんたを困らせようってんじゃないのよ。あたしのほうは、あんたのせいですっかり困っているけどね。とにかく、さっきの親子に取り憑くつもりはなかったのね？」

こくりと、おコウはうなずいた。

「じゃあ、どうして後をついていったりしたの？」

「……知って、いる人……だと、思って」

「知っている？　あの母親を？」

ううん、とおコウは首を振る。

「え、子供のほう？」

「前に、会った」

少しずつ、おコウの口調がほぐれてゆく。ゆっくりとだが、言葉がつっかえずにつながるようになった。

「八枝様を、助けてくれるって、言ったから」

「それ、いつのこと？」

おコウは首をかしげた。わからないようだ。

もし本当に彼女が死んだ時のままで止まっているのなら、幽霊になってからの記憶はあっても、それがいつという概念はないだろう。

だけど。

「人違いじゃないかしら。だって、あの子はどう見たって五歳か六歳ってところだったわよ」

どう考えても、あんな頑是《がんぜ》無《な》い子供におコウの話が通じるとは思えない。

るいの言葉に、おコウはしょんぼりと肩を落とした。本人もそのへんはあやふやだったのか、もっと大きい子だったかもとぼそぼそと言った。

「似てる気がして……でも……違う。あの子じゃない」

「もしかするとあんた、子供を捜しているの？」

「……八枝様を助けてくれるって、言ったの。他には誰も言って、くれなかった」

るいはまじまじと、娘の霊を見た。

(それだって、おかしなことじゃないかしら)

たとえさっきの子供よりもっと年嵩《としかさ》の子だとしても、おコウに会って、八枝の身の上を知って、さらにそれを助けると言い出すなんて。そんなことがあるだろうか。

「でも、だったらあんた、どうしてずっとあたしのまわりをウロウロしてたのよ？」

どうしてと問われ、おコウはちょっと首をかしげる。

「だって」

その時だった。

ふうっと風が吹いた。冷たくはないのに、ぞっと肌が粟立《あわだ》つような、気持ちの悪い風だ。

とたん、おコウの表情が変化した。いや、幼く頼りなげに見えていた、その表情そのものが抜け落ちて、ただ青白い死者の顔になった。るいに目を据えたまま、ゆるゆると立ち上がる。その姿を縁取る闇が、ふいにいっそう濃く、厚みを増したように見えて、るいは目を瞬かせた。まるで、真っ暗な穴が娘の霊の背後にいきなり広がったみたいだった。

「だって……あなたは、知っている……」

声が、冷や冷やと響いた。

「え、え？」

「あの子の気配がするもの。……あの子を、知っているはず」

「何のこと？」

「助けて。……八枝様を、あそこから、出してあげてください……」

るいは思わず、後退《あとずさ》った。

（一体、どうしたってのよ）

おコウ、と呼びかけようとして、ぎょっとした。娘の背後の闇に、何かがいる。闇よりも濃い、漆黒の――人影のようなもの。

ふらり、ふらり。影は前後か左右にか、揺れている。立ち上がって、でもまだちゃんと立てないみたいに。だけど、あれがもしちゃんと立って、こっちを見たら……。る いはひやりとして、身を竦めた。

（あたし、たいていの幽霊はへっちゃらだけど）

あの影は怖い。なんだかわからないけど、これはとてつもなくまずい状況のような気がする。

（やっぱりあの護符、捨てたりなんかしなきゃよかった。……なんて、今さら言ってもしょうがないわね。えっと、お父っつぁんは……駄目だ、ここにあるのは薄っぺらい板塀だもの。呼んだって、壁じゃなきゃ顔も出せやしないわよ）

だったらここはもう、逃げるしかない。と、踵を返そうとしたのに足が動かない。重い泥の中にでもいるみたいだ。仰天して見下ろすと、おコウの身体を包み込んでいた闇が地面に流れ出して、るいの踝《くるぶし》あたりまで浸していた。

陽射しまでもが闇に吸い取られるように、あたりが暗くなる。それまで見えていた風景が陰ってぼやけはじめた。

ふらふらしていた影の動きが、止まった。首を巡らせたのも、真っ黒な顔なのになぜか、わかった。

（こっちを見た！）

怖気《おぞけ》が走って、るいは自分の身体が震えだすのを感じた。

闇の中から手があらわれて、背後からおコウの両肩をひしと摑んだ。死人の、白々とした手。ほっそりとした指。——女の手だ。

るいは身体の両脇でぎゅっと拳《こぶし》を握りしめる。

そうか、と思った。その手の主、おコウの後ろにいる人影が誰なのか、るいは悟った。

（あんたが）

そうやって、あんたがおコウを縛りつけていたのね。あんたを助けたいっていうおコウの気持ちにのっかって、利用して、だからおコウは今でも成仏できないでいる。

あんたがどんな目に遭ったかは知っている。酷いことをされて、あたしだって可哀想だって思う。だけど。

「あんたがやってることは、何よ」

ふつっと、るいの中で何かが弾けた。握っていた拳に力をこめると、震えが止まった。

「あんただって、その娘に酷いことをしてるじゃない」

おコウは、あんたのために必死だった。そのせいで、命を失った。それなのに。それなのに、まだ、その娘を使って何かしようっていうの。

「おコウ！」

るいは叫んだ。腹の中で炭火みたいにカッカと燃えるものがあって、怖《お》じ気が吹っ飛んだ。

「わかってないの？　それとも、忘れちまってるの？　――あんたは、もう死んでるんだよ！」

とっくに死んでるんだと、るいは地団駄を踏むようにして繰り返した。

「辛《つら》いことも悲しいことも、もう何もないんだよ!?　楽になって、あの世に行っていいんだよ。その女につきあって、あんたまでいつまでもこっちでウロウロしてるんじゃないわよ！」

一瞬、あたりに満ちた闇がざわっと騒いだ。おコウはぼんやりとるいを見返し、かすかに首をかたむけた。

「あんたは八枝を助けようとして、あの屋敷から逃げだした。でもあいつらに、見張りの男たちに追いつかれて……そこで殺されちまったんだ」

そうだ、すっかり思いだした。おコウに取り憑かれた時、るいは長い夢を見ていたような気がしていた。今の今まで、その中身を忘れてしまっていたけれど。

あれはおコウの記憶だったのだ。

月のない、凍てつくような寒い夜。

暗闇にも白く浮き上がるように、満開の梅が咲いていた——。


あの人を助けたいと思った。

あんなところに人間を閉じこめるなんて。どうしてそんな酷いことが、できるんだろう。具合が悪くても、お医者も呼ばないなんて。八枝様は、見るたびに痩せていくようだ。このままでは死んでしまう。

貧乏な百姓の家に生まれてろくすっぽ満足に食べることもできず、あげくに借金のかたに売られるようにして屋敷に連れてこられたおコウにとってさえも、八枝の境遇は悲惨なものであった。

屋敷には荒くれた風体《ふうてい》の男たちが何人もいて、おコウは彼らが怖くていつもビクビクしていた。男たちが見張っているから、昼間は抜け出せない。おコウも屋敷の外に出ることは許されていなかった。だから夜中にこっそりと、裏口から逃げた。

おコウは世間のことなどよく知らなかったから、奉行所に助けを求めることしか思いつかなかった。お役人が相手なら、荒くれ者たちもきっと逆らったりはしないはずだと考えた。

夜は町の木戸が閉まっているので、知恵を絞って、医者を呼びに行くところだと木戸番に嘘をついて通してもらった。

けれども、どうしてだか男たちに気づかれた。おコウの姿が屋敷の中にないことを知って、荒くれ者たちは追ってきた。

おコウの足では、奉行所までたどり着くことはできなかった。木戸を幾つか通り抜けて、神田川《かんだがわ》に架かる橋を渡る前に見つかってしまった。

——逃げだして、どこへ行く気だ。

男たちの形相《ぎようそう》は鬼のようだった。

——あの女のことを誰かに知られちゃ、まずいんだよ。

——手間をかけさせやがって。

一人がおコウに向かって提灯《ちようちん》を掲げると、男たちが手にした匕首《あいくち》の刃が、ぎらりと光った。

魂消《たまげ》るような悲鳴に、るいは我に返った。

おコウが頭を抱えて地面にしゃがみ込んでいる。悲鳴は彼女の口から漏れていた。

「いやぁ、いやあぁぁ――――！」

肩に載っていた女の手が、するりと闇の中に引っ込んだ。同時に、その闇が急に薄れて、るいの周囲に光と色彩が戻った。

「あ、あ、あああぁぁ！」

おコウは頭を激しく振りながら、まだ叫んでいる。生者ならば身体の中の空気を全部、絞りだしてしまいそうな勢いだ。

「おコウ」

たまらず駆け寄ろうとして、るいは前に踏みだした。とたん、おコウが顔をあげる。目があった。るいは、おコウが泣いているのだと思った。でも、涙はでていない。ただ、苦しげに顔を歪《ゆが》めて、娘は口を動かした。

「あ、あたし……あたし、は……」

そのまま、ふうっとおコウは消えてしまった。

るいはぽかんとして、あたりを見回した。まるで何事もなかったみたいに目の前には長屋の板塀があって、降りそそぐ陽射しは明るい。おコウが消えた場所に視線を戻すと、るいはあっと声をあげた。

たった今まで娘の幽霊がいたところに、何かが落ちていた。

(これは……?)

拾い上げたのは、蒔絵《まきえ》を施した三日月型の小さな櫛《くし》だった。


その頃。九十九字屋の一階の客間では、冬吾が指で自分の顎を撫でながら、難しい顔で首を捻っていた。昼寝から目覚めたばかりで、普段からぼさっと長い髪に寝癖がついている。

「どうしたのさ」

部屋のすみで座布団の上に丸まっていた三毛猫が、見かねて声をかけた。

「いや。……花見のために貸した枕屏風のことだが」

「それが」

「その日のうちに蔵に戻したというのに、今見たら、二階の私の部屋にあった。布団の枕元にだ」

「そりゃ、枕屏風だもの」

おまえの仕業《しわざ》かと言われて、猫はふんと鼻を鳴らした。

「まさか。あんたが仕舞い忘れたか、思い違いでもしているだけじゃないのかい」

「そんなはずはない。あれは、確かに――」

冬吾は眉根を寄せた。

「もしや蔵から勝手に出てきたのか」

「おかしなことだね」三毛猫は立ち上がって伸びをすると、瞬《まばた》きひとつのうちに、女の姿になった。「あれは気難しくはあるけれど、けして我《わ》が儘《まま》なモノじゃないだろう。これまでも一度だって、そんなことはなかったんだから」

「だとすると、ますますわからんな」

「久しぶりに外の空気に触れて、娑婆気《しゃばけ》が出ちまったのかもしれないね」

ナツがそう言ってもまだ腑に落ちない様子の冬吾だったが、ふと店の中を見回して、

「るいはどうした」

「油を買いに出かけたよ」

またかと冬吾は嘆息した。

「おまえのせいで油代がばかにならん。少しは遠慮しろ」

「ケチなことをお言いでないよ。あたしにとっちゃ、酒や煙草と同じ嗜《たしな》みさ。……それより、あんた」

ナツは無造作にまとめた髪の先をいじりながら、横目で冬吾を見た。

「いい加減、腹を括っちゃどうだい」

「どういう意味だ」

「おコウのことだよ。このところ度々、るいの前に姿を見せているそうだ」

「…………」

冬吾は表情を硬くした。

「気をつけろと、るいには言ってある」

「ああ。あんたの護符があるからそばには来ないと言っていた。でも、るいはああいう性分だからねえ。事情がわからないなりに、おコウにすっかり同情しちまっている。黙っていようかと思ったけど、このままじゃちょいとまずいんじゃないかね」

あんたが悪いよとナツは言う。あんたが、ぐずぐずといつまでも迷って、肝心なことをるいに伝えようとしないから。

「わかっている」

冬吾はいかにも渋い顔になった。

「あたしだって、あんたがここの養子になる前に何があったかなんて、一切合切知っているわけじゃない。だけど、あんたにとって、思い出したくはない、口にするのも嫌な事だってのはわかるよ。この一件に関しちゃ、あんたはまるきり子供の頃に戻って、途方に暮れているみたいに見えるからね。──でも、このまま何事もなくすむとは、あんたも思っちゃいないだろ。もう一度同じ後悔をしたくなきゃ、ここいらでそろそろ腹を括れと言ってるのさ」

同じ後悔、と冬吾は呟く。

「あの子がこの店で奉公をするようになって、あんたは少し変わったよ」

「私がか？」と、冬吾は眉を寄せた。

「前よりもずっと、楽しそうだ」

「心外だ」

さも嫌そうに冬吾は唸った。しかしそのまま黙り込むと、ひとつ、重い息をついた。

「るいが戻ったら、きちんと説明する。おまえの言うとおり、ぐずぐずと日延べしていたが、おコウがうちの奉公人に執着しているとなると早急な対処が必要だ。るいが突拍子もないことをしでかさないうちに、釘を刺しておく意味でもな」

「ほんとに、あんたは素直じゃないよ」ナツは苦笑した。「一言、るいのことが心配だって言えばすむのにねえ」

しかし、よもや。その『突拍子もないこと』がすでに起こっていたとは、二人ともこの時はまだ知るよしもなかったのである。

三

「おい、どういうことだ⁉」

店に戻ったるいは、「ただいま帰りまし」た、まで言う前に客間で待ちかまえていた冬吾に険しい形相で問われて、きょとんとした。

おコウとの一連の出来事の後、さすがに草臥《くたび》れてとぼとぼと帰路についたものの、途中で油を買い忘れたことに気づいて慌てて油屋に素っ飛んで行ったものだから、買い物ひとつにずいぶん時間がかかってしまったことになる。それを叱られたと思ったので、

「遅くなってすみません」と、るいは急いで頭を下げた。

「そんなことはいい。それより、どうしておまえがそれを持っているんだ！」

「え、これ、買ってきた油ですけど」

「違う、その櫛だ！」

冬吾が指差したのは、るいが抱えていた油徳利ではなく、帯にはさんでいた櫛のほうだった。おコウが落としていったものである。

「あ、はい。ええと、実は――」

滅多にないほど血相を変えた冬吾の様子に、これは絶対に怒られるわとるいは覚悟をきめて彼の前に正座すると、油を買いに行く途中で起こったことをつぶさに話した。

果たして、全部聞き終えた冬吾は苦虫を嚙み潰《つぶ》したような顔になった。

（やっぱり怒ってるわよね。そりゃそうよ、おコウに係わるなってあれだけ言われていたのに、あたしったら……）

しかし、冬吾は黙りこくったままだ。

肩をすぼめて叱責されるのを待っていたるいは、おやと上目遣いに彼を見た。

「あんたはねえ。護符を捨てちまうだなんて」

代わりに言ったのは、部屋のすみで丸まっていた三毛猫である。

「だって……おコウが関係のない、通りすがりの人間に取り憑いたりしたら、大変なことになると思ったんです」

おコウが消えた後、しばらく探したけれども護符は見つからなかった。きっと風でどこかに飛ばされてしまったに違いない。

「それで幽霊をひっ捕まえて、差しで話をしたってのかい。おまけにそんな落とし物まで拾ってきちまって」

「……すみません」

咎《とが》めるのではないが、さも呆れたという猫の口ぶりに、るいはいっそう縮こまった。

くだんの櫛は、今は白い布に包まれて冬吾の膝の前に置いてある。冬吾がるいの手からさっさと取り上げて、そうしたものだ。

(持って帰っちゃいけなかったかしら)

るいは、畳の上の包みに目を凝らした。

考えてみれば、これほどのいわくつきもない。そういう品々の取り扱いには慎重でなければならないと、『不思議』を売り買いする九十九字屋であるからこそ、普段からるいも言い聞かされていることだ。

でも、落ちているものを見過ごすわけにもいかず、できればおコウに返したいと思って拾ってしまった。

なんだかいろいろとやらかしてしまった気がするのだが、どうして冬吾は何も言わないのだろう。

と、ぽつりと冬吾が声を漏らした。

「八枝が姿を見せたか」

姿というか影法師みたいでしたけどと思ってから、るいはちょっと目を瞠った。

冬吾は低く唸るように、

「やはり、こうなる前にちゃんと言っておくべきだった」

そうだねと三毛猫は言う。

「さっきも言ったが、あんたが悪いよ。るいだって、知ってりゃ少しは気をつけたろうからね」

「あのう……、それはどういう」

訊ねようとしたるいを制して、冬吾はおのれの前に置いてあった櫛の包みを手に取った。

「これは八枝の持ち物だ」

「え」

「八枝はおそらく生前、おコウにこの櫛を託していたのだろう」

包みを開くと、冬吾はもう一度確かめるように櫛を見た。言われてみれば、おコウのなりには似つかわしくない品だ。

「私が前におコウに会った時も、おコウはこの櫛を持っていた。助けてくれと頼まれて、これを受け取った。その時、私はまだ九つで、家族とともに猿江町《さるえちょう》で暮らしていた。おコウの話を聞いて、助けてやると言ってしまったんだ」

やっぱりそうだ。るいは胸の内でうなずいた。油屋からの帰り道、よくよく考えて、そうに違いないと思ったのだ。

――あなたは、知っている。あの子の気配がするもの。

おコウは子供を捜していると言った。助けると言ってくれた子供を。

（冬吾様を捜していたんだ）

その子供はすでに猿江町からいなくなっていた。執念か執着のなせる業かはわからないが、おコウは九十九字屋にたどり着き、奉公人であるるいに取り憑いて、店に入った。けれどもそこにも、子供の姿はなかった。

その子が成長して、すでに大人になっていたことなど、おコウにはわからなかったのだ。それどころか、冬吾はその場でおコウを拒絶し追い払った。それはるいのためであったが、おコウはそのせいでまたも助けてくれるはずの相手の行方を見失った。

でも気配は感じるから、この界隈《かいわい》を離れられずにいたのだろう。るいの前に度々姿をあらわすのは、おコウにとっても一度取り憑いた縁で、そばに寄りつきやすかったからかもしれない。

「冬吾様」

るいは唇を噛んだ。

「おコウは今でも、冬吾様が助けてくれると思っています」

ああ、と冬吾は声を漏らした。

「あの子、殺されたんです。八枝が閉じこめられていることをお役人に知らせようとして、屋敷を逃げだして、でも見張りの男たちに見つかってしまったんです」

記憶は、匕首を持った男たちに取り囲まれたところで途切れていた。だがその時におコウが感じた恐怖と絶望と混乱は、るいの中にまだ残っている。

怖《おそ》ろしかった。心の臓を氷の手で鷲《わし》掴みにされたみたいに。膝ががくがくと震えだして、息が止まった。怖くて怖くて、おコウは声をあげることさえできなかった。

可哀想だ。あんなふうに死なきゃいけなかったなんて。そうして時間を止めたまま今も、あの寒い、暗い夜におコウはいる。そんなのあんまりだと、るいは思う。可哀想と思うなというほうが無理だ。

「おコウは八枝の身のまわりの世話をするために連れてこられた娘だった。屋敷には他にも下働きの者が数人いたが、事が発覚せぬよう皆が口止めされて、許しなく屋敷の外に出ることもままならなかったらしい。……おコウの身の上は、おまえもある程度はもうわかっているだろう」

はい、とるいはうなずいた。

見張りが屈強な荒くれ者であったのに対して、屋敷で雇われていたのはさまざまな理由でまっとうな仕事にありつくことのできない、弱い立場の者ばかりだった。だから口外するなと言われれば皆、黙り込んだ。見るに見かねて八枝のために何かしなければと考えたのは、そばにいて親身に世話をしていたおコウだけだった。

（きっと、とてつもなく勇気のいることだったでしょうに）

あんなにやせっぽちで頼りなげで、泣きべそをかきそうな顔をする娘が。

そう思うと、さっき八枝と対峙《たいじ》した時と同じように、またも怒りがこみあげてくるいである。

「殺した連中はお咎めなしかい？」と、三毛猫が訊く。

冬吾はうなずいた。

「おコウの死体は翌日、川に浮いているところを発見されたそうだ。遺体には刺し傷があったが、何しろ深夜のことで誰もその場を見た者はおらず、しかもおコウの身元がわからなかったために、そのまま手がかりなしで永尋《ながたずね》（未解決）になったということだろう。——そもそも下手人が捕まっていれば、八枝の件も明るみに出ていたはずだからな」

おコウという名前すら、誰も知りはしなかっただろう。彼女がなぜ殺されたのかを知るのは、当時も今も八枝の一件と係わった者だけである。

るいは膝の上でぐっと拳を握った。

「あたし、おコウは操られているだけだと思うんです」

「八枝にか」

「そうです。そのせいで未だに成仏できないでいるんです。そんなの、可哀想ですよ」

「同情はするなと言わなかったか」

「おコウの言うことに耳を貸すなとも、心を動かすなとも言われましたけど。どのみち、もう遅いです」るいはすぐに言い足した。「でもそれは、冬吾様のせいじゃありませんからね。たとえどういう事情だろうと、あたし、おコウには同情します」

冬吾は眼鏡の奥からるいを見つめて、深く息をついた。

「……私もそうだった」

「え？」

「私もおコウに同情したんだ。おコウが哀れだと思った。だから、九つの子供に何ができるはずもないのに、ろくに考えもせずに、助けると約束をした。——それが、間違いだった」

間違い、とるいは冬吾の言葉を繰り返す。

「おまえの言うとおり、おコウに悪意はないだろう。八枝を救いたいという思いが未練となって、ああして成仏できずにいる。だがおコウと係わることは、八枝の怨念と係わりを持つということに他ならない。つまり……おコウと係われば、そこに八枝との因縁が生まれるわけだ」

「因縁？」

この櫛だ、と冬吾は手の上の布の包みに顎をしゃくった。

「櫛は呪具でもある。いつも身につけている物だからこそ持ち主の気を宿しやすく、大切にされた品ならばなおのこと、念がこもりやすい。八枝がこの櫛をおコウに渡したのは、おのれが囚《とら》われていることの証《あかし》になると考えたからではないかと思う。おコウがこれを他者に見せれば、誰かが気づいて自分を救ってくれるのではないかと。そう願うしか、なかったのだろう」

八枝の気を帯びた櫛だ。そこにこめられていたのは、牢から出たいという悲痛な想いだ。

誰かが。櫛を手に取った誰かが。気づいてくれるかもしれない。きっと気づいてくれるはず。

助けて。――ここから、出して！

「結果的に、この櫛を受け取ったことで私は八枝との間に繫がりができてしまった。道が通じるようなものだ。私は自分で、八枝を引き寄せてしまったんだ。――そしてあの時も、八枝は私の前に姿をあらわした」

冬吾の目が、どこか遠いところを見ている。その視線の先にあるのは、おそらく過去の光景だ。

そうして彼は、語りはじめた。

店の名前は仮のまま、高井屋《たかいや》と三河屋《みかわや》でよいだろう。どうせどちらも、八枝の怨《うら》みによって、今はもうない店だ。本当の名などこの際、意味はない。

八枝を座敷牢に閉じこめてこの事態の発端をつくったのが、高井屋。その後、何も知らずにその屋敷を買ったのが三河屋だ。

三河屋が悲劇に見舞われたのは二十年以上も前のことだと、冬吾は言った。

「どういう伝手《つて》かは知らんが、三河屋が祟りによって多くの人死にを出したと聞いて当時の辰巳《たつみ》神社の神職、つまり私や周音《あまね》の父が、事の経緯を調べることになった」

散り散りになっていた三河屋の奉公人たちを訪ねて話を聞き、主人の吉太郎《よしたろう》が手に入れたという屋敷をつきとめ、それがかつて高井屋の所有であったことを調べあげた。

「八枝が怨霊と化してその屋敷に留《とど》まっていることも、その時はもう父にはわかっていたはずだ。そこで今度は高井屋の関係者を捜して、過去に何があったかを知ろうとした」

一口に言っても、事は簡単ではなかったらしい。三河屋の一件から遡《さかのぼ》ること七年前の話だ。高井屋と係わった者たちは、怖ろしい事件を忘れたがっていた。ようやく捜しだしても、皆いちように口が重く、中には話せばまた祟りがあるのではないかと怖れる者もいた。

「それでもどうにか、高井屋のお紋《もん》の所業を聞きだした。夫が隠れて囲っていた女に、どんな仕打ちをしたのかをな。それが如月朔日《さくじつ》の不思議語りの会で、周音が皆に語った話だ」

怨霊を内に残したまま、屋敷は封印された。三河屋は祟りのとばっちりで不幸に見舞われたにすぎず、その原因を知ってみれば、八枝の怨みはあまりに深くいかに神職であろうと手に負えるものではなかった。これ以上係わる者がいないように、祟りに触れる者がでぬように、八枝を屋敷に閉じこめておくのが精一杯だった。

結局のところ、辰巳神社の先代も八枝を救うことはできなかった。彼女を屋敷から出して、自由にしてやることはできなかったのだ。

「けれども、父はひとつ見落としをしていた。八枝に係わる者がもう一人いるとは、気づかなかった。ましてやそれが、すでに死んだ者であったとは」

おコウのことだ。そういう名の下働きの娘がいたことは、聞いていたかもしれない。だがおコウが助けを求めて屋敷を逃げだし、死んだ後もそのままさまよっていたことまでは、知りようがなかったのだろう。

だからおコウが殺されて死体が川にあがった云々《うんぬん》というのは、後になって調べなおしてから判明したことだ。

「ある意味、父もまたくだんの屋敷に係わり八枝の怨念に触れた人間だ。おコウが私の前にあらわれたのは、偶然ではない。……偶《たま》さかがあるとすれば、家族の中で一番、霊やあやかしの類を寄せやすい体質なのが私だったということだろう」

その後に何があったかは、すでに聞いたとおりだ。おコウに同情したあげく、冬吾は八枝という禍《わざわい》を呼び込んでしまった。

「あの」

思わず、るいは口をはさんだ。

「でも八枝は、屋敷に封印されて外に出ることができないんじゃ……」

「因縁というのは、そういうことだ。八枝のいる座敷牢と私自身とがひとつに繋がっていたと言えばわかるか」

「はあ」

わかるようなわからないようなだが、るいはうなずいた。先ほど見た光景を思い出す。おコウの背後にいた黒い影。周囲を閉ざそうとしていた闇。――とすればあの時、るいもまた八枝と繋がった、少なくとも繋がりかけていたのではないか。八枝がるいの前に姿をあらわしたのではなく、るい自身が八枝のいる空間に引っ張り込まれようとしていたのではないのか。

今さら、るいはぞっとした。

「それでどうなったんだい？」と三毛猫が訊く。

「八枝に取り込まれて、私は死にかけたそうだ。……当時のことは、実はよくおぼえていない。ずいぶんと暴れ狂ったらしい。家族にとって幸いだったのは、私がまだ非力な子供だったことだ。さもなくば私は誰かを殺《あや》めていたかもしれず、佐々木《ささき》の家もかつての高井屋や三河屋のように今頃はなかったかもしれん」

冬吾の口ぶりはあくまで淡々としており、まるで他人事《ひとごと》みたいだ。本人が言うように記憶がないせいだろうか。それとも、そう語るしかない、怖ろしい出来事であったからか。

「でもさ、助けるって少なくともあんたはおコウにそう言ったんだろ。なのにあんたがそんな目に遭うってのは、おかしなことじゃないか」

「怨みのほうが大きかったのだろう。考えてもみろ。父は屋敷を封印した。八枝にしてみれば、父のしたことは自分を牢に閉じこめた高井屋とかわりはない」

なるほどねと、猫は低く唸った。

「哀れだねえ。八枝って女は、結局自分の怨みで、死んだ後まで自分を真っ暗な場所に縛りつけちまっているんだ。かたちばかり供養してやったところで、そうなったらもう救われやしないだろうね」

だからこそ、辰巳神社の先代は屋敷を封印するしかなかった。堂々巡りだ。

八枝を退け、結果的に佐々木の家を救ったのは、冬吾の母の音羽《おとわ》だったという。

音羽もまた人ならざる存在が視《み》える人間であり、佐々木の血筋としてそれなりに霊に対処する方法も知ってはいたはずだ。とはいえ怨霊をはね除《の》けるほどの力があったとは、とても思えない。

「母がどうやって八枝と対峙したのかは、わからない。おぼえているのは、母が私の身体を抱きしめて、耳元で何事か囁いていたことだけだ。そうやって何日も母は、私の中にいた八枝に話しかけていた」

ある日、目の前の霧が一気に晴れたような心持ちがして、気がつくと母が顔をのぞきこんでいた。母は安堵したように微笑《ほほえ》んで、冬吾の頬を撫でながら「もう大丈夫」と繰り返した。

「母が死んだのは、それから一ヶ月も経たぬうちだ」

るいは軽く息をつめた。さあこれからが本題だ、冬吾様が一番口にしたくないはずの話だわと、身構えた。

しかし。

「突然倒れて、その日のうちに息を引き取った」

冬吾の言葉はあっさりと、短いものであった。

「母は私の身代わりになったのだろう。周音が私を憎んでいるのも、そのせいだ」

——私もあの男も、互いに相手に会いたいとは、けして思っていません。

兄弟でありながら、赤の他人のことを話すような周音の口調を、るいは思いだした。

(そっか。以前に周音様が言っていたことって)

——おまえはあやかしの類に甘すぎる。

——またつけこまれでもしたら、もう助けてくれる者はいないぞ。

あれは、母親の音羽のことだったのだ。

冬吾が九十九字屋に養子に入ったのは十一の時だったというから、佐々木の家を出たのは、音羽が亡くなった二年後である。以来一度も辰巳神社のある猿江町には足を向けていないと、これも冬吾が言っていたことだ。

「ちょいと腑に落ちないんだけどね」

三毛猫は座布団の上に座り直した。

「身代わりって言うけど、八枝の怨みはあんた一人のことでおさまるようなものだったのかい？　高井屋や三河屋の時には、それこそ店が潰れちまうほどの人死にが出たんだろ？　こういう言い方はあんたには悪いけど、八枝がさ、あんたの母親の命ひとつで引き下がるようなタマかねえ」

冬吾は束の間押し黙ってから、ゆるりと首を振った。

「詳しいことは父からも、母本人からも聞いていない。なにしろあの時の私は死なずにすんだというだけで、しばらくは枕から頭をあげることもできない状態だった。ようやく起き上がれるようになった時には、母はすでに寝ついていたのでな。おコウから受け取ったこの櫛も、いつの間にか消えていた」

誰かに問いただせるような状況ではなかったのだろう。周囲の者たちも、事の元凶となった九歳の子供に、話して聞かせるようなことではないと考えたのかもしれない。

「ただ、佐々木の家は高井屋や三河屋のような店とは事情が違う。怨念がらみの霊に対しても、防御のすべを知っているという点でだ。八枝を退けるために当然、父や親類縁者も尽力しただろうと思う。げんにおコウは二度と私の前に姿を見せなかった。見落としに気づいた父が、後になっておコウも八枝と一緒に封印したからだ」

「それなのに今になってまた、おコウが姿をあらわして八枝を助けろって言いだしたわけか。封じが解けちまったのかね」

「なにしろ二十年以上も前のことだからな。周音が言うには、父の封印の効力が失せたということだ」

そりゃあ無理もねえやと、唐突に部屋の隅から声が聞こえた。

「なんだって古くなりゃ、何かと具合が悪くなるもんだぜ。屋根は腐って雨漏りがするし、建具はがたぴし軋みやがら。壁だってよ、きれいに塗り直してやらなきゃ、漆喰が剝《は》がれ落ちるってなもんだ」

「いたのかい、あんた」と、三毛猫がそちらに鼻先を向ける。

「おう、いたいた。馬鹿娘のせいで立つ瀬がねえから、ここまで黙って大人しくしていたがな」

言うや否や、作蔵は壁から手を出して、るいの頭を小突いた。

「痛ぁい！　なによう、お父っつぁん」と、るいは頭を抱えて口を尖《とが》らせる。

「けっ。おめえときたら、俺が出ていけもしねえ、板塀しかねえような場所で勝手なことをしやがって。今の店主の話で自分が何をしでかしたのか、よっく考えてみやがれ」

「何って、そりゃ……近づくなって言われていたのに自分からおコウに話しかけて、そうしたら八枝の霊があらわれて、その後に櫛を拾って」

指を折って数えるように言ってから、るいは「あっ」と声をあげた。

同じだ、と思った。

(あたしったら、子供の時の冬吾様とまるきり同じことをしちまってるじゃないの)

おコウと櫛と八枝。因縁の要素がすべて揃っている。もっとも、八枝の出現とるいが櫛を手にとった順序が逆だけれども。

「だ、だけどあたし、櫛は受け取ってませんから。おコウが落としたのを拾っただけですから。ほら、むこうもうっかりしたんだと思うし」

「でもさ、それが今ここにあることに違いはないと思うんだけどねえ」

「う……。そうですね」

三毛猫に無情に言われて、るいは言葉をつまらせた。

──おコウはあの時と同じことを繰り返そうとしている。

ふいにまた、周音の言葉が脳裏をよぎった。

(と、いうことは)

「だったら、あの……その櫛のせいで、八枝が今度はここにあらわれるってことですか？」

おそるおそる言うと、冬吾は「おそらく」と素っ気なくうなずいた。

「じゃ、あたしは八枝に取り憑かれて、この店を祟ることになるんでしょうか!?」

ようやく事の重大さが呑み込めて、るいは青くなった。背中がひやひやする。

「店を祟るかどうかはともかく、八枝が狙うのは、おまえでなければ私だ。他には猫と壁しかいない」

櫛はあずかっておくと言って、冬吾は布の包みを懐に押し込んだ。

「どうしよう。冬吾様、ごめんなさい！」

「だからこれは、端《はな》から私の責任だと言っている。こうなるおそれがあることを、もっと早くにおまえに伝えておかなかったからだ」

もうおよしよ、と猫が言う。しなかったことや、してしまったことを悔やんでも仕方がないじゃないかと。

「それより、この先どうするんだい？　ここは良くも悪くも土地の力の強い場所だ。こんなところに怨霊が入り込んできたら、何が起こるかわかりゃしないよ」

「ああ」

うなずいて、冬吾は腕を組んだ。そのまま考え込んでいる。

「……………」

まだ考えている。

しばらく経ってお茶でもいれようかとるいは立ち上がった。と、ようやくその時、冬吾が口を開いた。

「おまえはもう、うちに来なくていいぞ」

「は？」

「クビだ。出ていけ」

るいはきょとんとして、冬吾を見た。それから膝を揃えてその場にぺたりと座り直した。

「クビって……」

「おまえはもう、うちの奉公人ではないということだ。次の奉公先が決まるまで筧屋にはおいてやるが、荷物はまとめておけ。二度と店の敷居をまたぐことは許さん」

るいは小首をかしげた。

「あのお、冬吾様」

「なんだ」

「今の話の流れだと、さすがにあたしにだってわかりますけど。それ、店の奉公人じゃなくなればあたしに祟りが及ばなくなるんじゃないかという、ありがたい配慮なのでは」

珍しくわかりやすい気遣いだねえと、三毛猫がこっそりと呟いた。

「……おまえがどう受け取ろうと勝手だが、クビはクビだ。確かに大切なことを言わなかった私も悪いが、そもそも主人の言いつけを守れないような奉公人など、店で働かせるわけにはいかん」

冬吾は不機嫌にそっぽを向いた。

（ええ、そのとおりだから、そういうことでもいいですけどね）

どうして素直に感謝させてくれないのかしらと思いながら、るいは背筋を伸ばしてきっぱりと言った。

「あたし、ここを追い出されたら行くところがありません」

「だから他に働き口を探せと」

無理ですと、るいは壁を指差した。

「あのお父っつぁんと一緒に雇ってくれるところなんて、江戸中探したってありませんよ。この店で働けなくなったら、今度こそあたしは路頭に迷って、そうなったらもうのたれ死ぬしか」

「いくらなんでも、のたれ死には大袈裟だろう」

冬吾は視線をるいに戻すと、渋い顔になった。そもそもよそに働き口があるくらいなら、端からこんな風変わりな店に奉公していないだろうという、るいの事情を思いだしたようだ。

「だったら作蔵をまた寺で預かってもらえ」

「冗談じゃねえ」

るいが口を開くより先に、作蔵が壁から顔を突きだして唸った。

「あんな辛気くさいところに二度も閉じこめられるなんざ、俺ぁごめんだぜ。寺へ行くくらいなら、いっそ成仏したほうがましだ。えい、こうなったら俺ぁもう、成仏してやらぁ！」

成仏するなら、寺へ行くのが一番早いと思うのだが。

「駄目よ、お父っつぁん。お父っつぁんがいなくなったら、あたしは一人ぼっちになっちまうじゃない！」

「おう、すまねえなあ、るい。俺のせいでおめえに苦労ばかりかけてよう」

「お父っつぁん、それは言わない約束よ。——だけどお父っつぁん。成仏の仕方なんてわかるの？」

「いんや、わからねえ」

「じゃ、どうするのよ」

「へ、その気になりゃ、なんとかならあ。世の中にゃ、豆腐の角に頭をぶつけてくたばる奴だっているくれぇだしよ」

「そんな人見たことないし、壁にぶつかられたら豆腐のほうが先に潰れちまうよ。ぺったんこのぐちゃぐちゃよ」

やいのやいのと言い合う父娘を尻目に、三毛猫は店主の膝元まできて、しれっと囀いた。

「今さらあの娘を店から出したところで、遅いんじゃないかねえ。おコウも、へたすりゃ八枝の怨霊だって、あの娘とはもう縁ができちまってるもの。そんなことよりやらなきゃならないことをさ、あんたはとうにわかってるのだろうに」

冬吾は仏頂面で天井を見上げた。そうしていきなり、立ち上がった。

「猿江町へ行ってくる」

「ええ？」

驚いて顔を見合わせる父娘に、捨て台詞《ぜりふ》のように「周音に会う」とだけ言って、冬吾は草履《ぞうり》をつっかけると店を出ていった。

「周音様に……？」

ぽかんとしたるいだが、すぐに慌てて土間に降りて戸口に駆け寄った。

足早に遠ざかる冬吾を見送っていると、背後から三毛猫のため息まじりのような言葉が聞こえた。

「早い話が、生まれた家に十何年ぶりかで顔を出すのが嫌で、ぐずぐず迷ってたってのもあるのさ。駄々っ子だね、いい歳して」

(不思議語りの時も、周音様を見たとたん本気で嫌そうな顔をしていたものね)

ところでクビの件はどうなったのかしらと思いながら、

「冬吾様！」

店主の姿はすでに路地から消えていたが、るいは両手で口のまわりを囲って、声を張り上げた。

「辰巳神社に行かれるのなら、お壱《いち》さんによろしく伝えてくださいね！」

神社の境内にいる母子石《ははこいし》のお壱も、子供の頃の冬吾しか知らない。久方振りに彼に会えば、きっと喜ぶことだろう。

四

その夜のことだ。

目を覚ますと、あたりは真っ暗だった。まだ払暁《ふつぎょう》の兆しもない。

るいが寝起きしているのは、筧屋の女中部屋である。と言っても、もとは布団や座布団をしまっていた空き部屋で、その三畳間を一人で使わせてもらっている。

どうしてこんな時刻に目覚めたのだろう。いつもなら、横になったら朝までぐっすりなのに。

半分寝ぼけながら夜具を鼻先まで引っぱり上げた時、部屋の空気がかすかに動いたような気がした。

何かがいる、と思った。夜具の足もとだ。——そのとたんに、るいの眠気は吹っ飛んで、ぱっちりと目が開いた。

「誰？」

もぞもぞと身体を起こして、暗闇に目をこらす。

するとそこに、ぼうっと人影が浮かび上がった。すぐに、布団のそばに膝を揃えて座る痩せた娘の姿となる。

「おコウ？」

名を呼ぶと、おコウは青白い顔をうなずかせた。

「どうしたの？」

思わず訊いてから、るいはしまったと思った。

この娘に声をかけることは、禍に繋がる。それはもうよくわかった。おのれの責任だと冬吾は言ったが、たとえ事情を知らなかったにしても、しでかしてしまった自分がやっぱり悪いとるいは思う。奉公人がお店に迷惑をかけたら、それこそ追い出されたって文句は言えないけど、このまま放りっぱなしにだってできないわよとも思っていた。

せめてもうおコウには係わるまい。見かけても今度こそ知らん顔をしよう……と、るいは心に決めた。それなのに。

（こんな夜中に押しかけてくるなんて）

そりゃ、幽霊には妥当な時間ではあるけれども。

今にもおコウの背後にあのふらふら揺れる影法師が——八枝があらわれそうな気がして、背筋がひやりとした。

「もう消えてちょうだい。あたしは寝るんだから」

るいは横になると、夜具を頭から引っ被《かぶ》って目をつぶった。

しばらくして夜具の隙間からそっとのぞいてみると、おコウは消えずにまだもとの場所にいた。俯いて、身体を縮こまらせるように座っている。

その様子がひどくしょんぼりと哀れに見えたので、るいはため息をつくと、また身体を起こした。

「なんだってのよ」

どうせ、八枝を助けてほしい、でなければ、捜している子供がどこにいるかしかないでしょうけどと思っていたが、おコウが口にしたのは別のことだった。

「櫛……」

「え？」

「櫛が、ないの」

るいは目を瞬かせた。あの櫛は、と言いかけて口ごもる。あたしが拾って冬吾様に渡した、なんて言っていいのかしら。そういうことも、言ってはいけない気がする。でも、櫛をなくしたからこんなに気落ちしているのなら、あれはおコウに返したほうがいいのかしら。

ぐるぐると迷っていると、またおコウが言った。

「八枝様からもらった、大切な櫛なのに」

「もらった？」

るいは首をかしげる。あの櫛は、自分が囚われていることの証として、八枝がおコウに託した物ではないのか。

けれども、おコウはか細い声で言う。

「あの時、八枝様は言ったの。……逃げなさいって。こんなところにいてはいけない、できるだけ遠くへ逃げなさいって。……それで、櫛をくれたの。それしか、あげられるものがないからって、そう言って」

るいは、まじまじとおコウを見つめた。

「奉行所へ行けって言われたんじゃなかったの？」

おコウは首を振った。

「それは、あたしが勝手に……そうしようって、思った。だって、あたしがいなくなったら、八枝様は一人になる。あんなところに、一人きり。だからあたし、逃げだしたら誰か八枝様を助けてくれる人を捜そうと思って……でも、屋敷の男たちに見つかってしまった」

どういうことだろう。何か、こっちが考えていたことと違うと、るいは思った。

奉行所へ向かったのは、おコウが自分でしたこと。八枝は逃げろと彼女に言った。ここにいてはいけない——それはまるで、この娘を思い遣っての言葉のように聞こえる。

おそらくおコウは八枝の世話係として屋敷に雇われて、座敷牢の外か内かの違いだけで同じように閉じこめられているようなものだったから。

ふと、梅の香りがしないことにるいは気づいた。おコウがあらわれる時には必ず、どこからか香りがふわりと立っていたのに。

「ねえ。自分がもう死んじまってるってことは、思いだしたの？」

おコウは小さくうなずくと、消え入るような声で怖かったと言った。

うん、とるいもうなずく。怖かったね、と。

「あんたは、ずいぶん長い間、あんたの八枝様を助けようとして、この世に留まっていたんだよ」

止まっていたおコウの時間は、ようやく動きだしたのだろうか。自分の身に起こったことを思いだしたのなら、そうに違いない。

「今だって、梅はとっくに散って、桜が咲いているよ。ちゃんと見えてる？」

しかしおコウは首を振った。

「何も見えない。暗いだけ」

「え、そうなの？」

暗いだけとはどういうことかと、るいは首を捻る。

(今が夜だからってことじゃ、ないわよね)

「あんたさ、もう自由になっていいんだよ？　いつまでも幽霊のまま、こんなふうにうろついてちゃ駄目だよ。行かなきゃいけないところがあるの、わかってるでしょ？」

言ってみたら、おコウは俯いた。櫛が、とまた呟いたようだ。

「櫛があったら成仏するっての？」

一寸間《ちょっと》をおいて、おコウは首を横に振る。

「八枝様に、櫛を返さないと」

「だって、くれるって言ったんでしょ？」

おコウはいっそう俯いた。

「あんな綺麗な物、あたしがもらったら、申し訳ない。あたし、こんなにみすぼらしいなりだし。……それで、八枝様があそこから出ることができたら、あの櫛は返そうって思った」

聞いて、るいは胸が痛んだ。

（この娘、いい子だわ）

そしてやっぱり、可哀想だ。

たとえどういう事情でもおコウに同情する——冬吾にはそう言ったけど、その気持ちはるいの中に、今も確かにあった。知らないふり、聞かなかったふりなんて、どうしたって無理だ。

（でもこれ以上、迂闊《うかつ》なことは言えやしないし）

ああもう、どうすりゃいいんだろと、るいはため息をつく。

（そもそもおコウは、八枝がもう死んでいるってことに気づいているのかしら）

自分が死んだことも思いだしたばかりなのだから、八枝が怨霊になって人を祟り殺したことも何も、わかっていないのかもしれない。さりとて、それを教えてやってよいやら悪いやら。

「八枝様ってどんな人だったの？」

もうひとつ息をついて、るいは訊ねた。

おコウは顔をあげる。

「優しい人」

自分のほうがひどい境遇なのに、世話をするおコウを気遣っていつも声をかけてくれた。下働きで荒れた手をとって、撫でてくれた。笑いかけてくれた。

「あたし、おっ母さんにもそんなふうにしてもらったこと、なかったから。あそこで働くのは辛かったけど、八枝様のためだと思ったら何でも我慢できた」

おコウは嬉しそうにそんなことを言って、また、繰り返した。

「八枝様は、優しい人」

次に目を開けると、朝になっていた。

るいは起き出すと身支度を調《ととの》えて、いつものように九十九字屋に向かった。表の戸口を開けて店の前を掃除していると、珍しくこんな早い時間に冬吾が二階から下りてきた。

「おはようございます、冬吾様」

冬吾は眠そうな目でるいを一瞥すると、茶をくれと言った。

「はい、ただいま」

昨日は結局、冬吾は辰巳神社へ行ったきり、店を閉める時刻になっても戻ってこなかった。周音とそんなに長い間、話をしたのだろうか。兄弟の険悪な遣《や》り取《と》りを頭に浮かべて、湯を沸かしながらるいはこっそりと首を竦めた。

「冬吾様、実は昨夜――」

寝起きは調子が出ないらしく上がり口にぼうっと座っている冬吾に茶を出すと、るいは盆を抱えたまま傍らに腰を下ろした。昨夜、おコウと交わした会話を伝える。

茶をすすりながら聞いていた冬吾は、るいが話し終えると、ぼそりと呟いた。

「やはり、繋がった縁は切れないものか」

首をかしげたるいに対し、店主はふんと鼻を鳴らした。

「よほどおコウに懐かれたとみえる」

そういうわけでは、と言いかけて、るいは考え込んだ。

これまでおコウは冬吾の気配を嗅ぎ取ってるいに寄ってきていたわけだが、昨夜のことはどうだろう。櫛がないから途方にくれて、他にどうしようもなく、るいのところにあらわれたようにも思える。

(今までみたいに、八枝を助けてほしいの一点張りでもなかったし)

こう言っちゃなんだが、普通の幽霊みたいだった。

「それで、今度は櫛を返せというわけか」

「いいえ、おコウは自分が櫛をなくしたと思っています。冬吾様が持っていることは、あたし、言いませんでしたから」

そこで、あ、そういえばと思い出した。

「冬吾様、あたしやっぱり、クビですか？」

冬吾は露骨に顔をしかめた。

「店の敷居を二度とまたぐなと言わなかったか？」

「言いました」

「もうまたいでいるぞ」

「すみません」

盛大にまた鼻を鳴らすと、冬吾は横柄に「そういうことだ」と言った。

説明を省く時の冬吾の決まり文句だが、要は本当にクビならとっくに店から叩き出されているはずで、今るいがここにいられるということは、「そういうこと」なわけだ。なのでるいは素直に、「ありがとうございます」と頭を下げた。

「昨日、周音と話して、八枝をもう一度屋敷に封印するしかないということになった」

冬吾はさっさと話題を切り替えた。

「私と……周音の二人でやる」

「お二人で？」

「こういうことは、あいつの得手だからな。やむをえん」

いかにも嫌々という口ぶりである。あと何度かは猿江町に足を運ぶことになると、さらに唸るようにつけ加えた。

互いに会いたくないと言っていた兄弟が二人で力をあわせなければならないほど、怨霊を封印するというのは難しいことなのだろう。

そうか、とるいは思った。八枝をまた閉じこめるんだ。冬吾がそうするしかないというのなら、そうなのだろう。あたしにはその方法なんて、見当もつかないけど。このままだと、こっちがどんな目に遭うかわからないんだし。

(仕方がないんだわ、きっと)

八枝様は優しい人、という嬉しげな声がちらりと耳によみがえったが、

「おコウのことだが」

冬吾の言葉に、るいは我に返った。

「はい」

「自分が死んだことは、もうわかっているんだな?」

「はい、そう言っていました」

「ならば、おコウを八枝から引き離すことができるかもしれん」

え、とるいは目を瞠る。

「父の時のように八枝と一緒に封印してしまえば、先々いずれはまた同じことが起こる。封じが解ければあの娘はまた、八枝を救うために姿をあらわすだろう。せめておコウだけでも成仏させなければ、根本的には何も変わらない」

成仏、と呟いてるいは拳を握った。

「おコウを、助けるんですね！」

顔を輝かせたるいを見て、冬吾は飲み干した湯呑みを置くとやれやれと息をついた。

「おコウの未練は八枝だ。それも生半可な執着ではない。簡単にすむとは思えんぞ」

「そうですね」

るいは深くうなずいた。

(おコウ)

桜は、満開だよ。どうして見えないの。

どうしてまだ、暗いところにいるの。

「でも、助けたいです。絶対に」

その夜、おコウがまた、寝ているるいのところにあらわれて、櫛がなくなったと訴えた。

大丈夫、とるいはうなずいてやった。櫛はあるから。あたしが拾ったの。ちゃんとあるから、心配しないで。

返して、とおコウは言った。八枝様にもらった、大切な櫛なの。

わかってる、でもここにはないとるいは答えた。あのね、あんたにお願いがあるんだけど。明日、あたしがあんたを呼んだら、必ず姿をあらわして。そうしたら、櫛を見せるから。きっとよ。わかった？

何度も念を押すように娘の霊にそう言って、るいはつけ加えた。

あんたが捜していた子供も、そこにいるからね。

五

翌日、るいは墨堤へ花見に出かけた。冬吾も一緒である。

「二晩たてつづけにあらわれるとは、律儀なことだ」

冬吾は歩きながらぶつくさと言う。おコウのことだ。

「櫛などどこで見せても同じだろうに。なぜわざわざ花見など」

「そうしようって、昨日決めたじゃないですか」

「決めたのはおまえだ。私は何も言っていない。しかもどうして墨堤なんだ」

「桜の名所だからです」

人は多いわ騒がしいわ、好きこのんでそんな場所に行く奴の気がしれんと、九十九字屋を出てからもう何度も聞いた愚痴である。人の集まる場所は嫌いだし、二日つづけて早い時間に起こされて不機嫌というのもある。まあ、冬吾の仏頂面はいつものことだが。

それでも、とるいは思う。

昨日、花見がしたいと言ったるいに、冬吾は否とは言わなかった。今だって、文句を並べながらも足を止めることはしない。

私の我が儘でごめんなさい、とるいは心の中でそっと思いながら、

「冬吾様。ここまで来てるんだから、往生際が悪いです」

「そういうことは、死んだ後も未練たらたらでこの世をうろついている連中に言ってやれ」

じきに吾妻橋《あづまばし》だ。

足取りも軽く、るいはいそいそと弁当の包みを抱えなおした。今朝になって急にお願いしたのだから迷惑だったろうに、篁屋の女将は嫌な顔もせずに「残り物しかないけどね」と言っておお重をつめてくれた。るいの好きな卵焼きも入れてくれた。

「これでおコウが姿を見せなければ、無駄足もいいところだ」

「大丈夫ですよ。約束したんだから」

春の陽射しにあふれた空を見上げて、るいは答える。晴れてよかった、と思う。

「約束、か」

冬吾はふと、その言葉を噛みしめるように、眼鏡の奥の目を細めた。


「綺麗……」

爛漫の桜が、川沿いをはるか上流まで途切れもせずに連なっている。その華やかな光景に、るいは思わず感嘆の声をあげた。風もないのに薄紅がほろほろと散り、それをかいくぐるように舟が水面を往来する。あたり一面、空も川も人も、すべてが花の色に染まったかのよう。

(やっぱり賑やかかねえ)

まだ昼前だというのに、墨堤はすでにたいそうな人出であった。人々は桜の木の下に莫蓙や毛氈を敷き、花に酔い酒に酔って浮かれ騒いでいる。茶屋も満員だ。あちこちから三味線の音色や唄が聞こえ、やんやという歓声や笑い声が響く。中には酔っぱらってケンカなどはじめる輩《やから》もいるが、それとてご愛敬だろう。

(あの枕屛風の中の桜も美しかったけど)

この光景をあの娘に見せてやりたい、とるいは思ったのだ。真っ暗な寒い夜に白々と咲く梅の記憶しかないあの娘に、この明るい陽の光に咲き誇る桜と、それを見上げて幸せそうに笑う人々がいる光景を見せてやりたい。そうして、送り出してやりたい。

「冬吾様、ここはどうでしょう」

この場でひとけのない場所というのは無理な話だが、なるたけ他人の目の気にならない場所を選んで、るいは茣蓙を広げた。どのみちおコウの姿は他の花見客には見えないはずで、るいと冬吾が二人連れでいるとしか思われないだろう。

(あれ？　でもそうしたら冬吾様とあたしが、まるでお見合いでもしているふうに見えるんじゃないかしら……)

花見の席で男女がお見合いをするというのは、よくあることだ。と、ふとそんなよけいなことが頭をかすめて、るいは慌ててぶんと首を振った。――あたしったら何を考えてるんだろ。自分で吃驚しちまったわ。それにお見合いに見えるのだったら、無粋にちょっかいをかけてくる者もいないだろうし、かえって都合がいいわよ。

「なんだ、赤い顔をして」

「べ、べつに何でもありません」

早くも人の多さに辟易《へきえき》しているらしい。冬吾は莫蓙に腰を下ろすと、早くしろと唸るように言った。

おコウ、とるいは呼んだ。小声だが、はっきりと。

出てきて。おコウ。あたしの声、聞こえるでしょ。

しかし、何度呼んでも娘の霊は姿をあらわさなかった。やっぱりこんなに人が多いところじゃ、駄目なのかしら。出てきたくても出てくることができないんじゃ……と、るいは心配になった。

「おコウ。約束したはずよ。出てきてよ」

焦りながらおコウおコウと繰り返していると、冬吾が小さく息をついて、るいの背後に顎をしゃくった。

「さっきからそこにいるぞ」

え、と振り向いたとたん、目の前におコウの顔があった。るいの背中にくっつくようにして座っていたのだ。

きゃっと思わず悲鳴をあげ、るいは慌てて手で口を塞《ふさ》いだ。通りかかった花見客が、何事かとこちらを見たからだ。

「驚いたあ。どうして後ろにいるのよ？」

今度は囁くように言うと、おコウは俯いて身を縮めた。まるで、るいの背中に隠れようとするみたいに。

「どうしたの？」

「……怖い」

おコウの消え入るような声に、何がと首をかしげてから、るいはあっと思った。

「もしかすると、冬吾様が怖いの？」

こくん、とおコウはうなずく。

おコウは冬吾に一度、追っ払われている。そればかりか、彼女の命を奪ったのは屋敷の見張りをしていた男たちだ。大人の男に怯《おび》えるのは、当然だ。

るいは膝をついたまま、おコウに身体を向けた。

「大丈夫。この人は怖くないよ。あんたに、何もしないから」

ね、と冬吾の顔を見て、

「冬吾様、笑顔です。にっこり、優しく」

「笑顔だと？」

「そうです。早く」

冬吾は呆気《あっけ》にとられたようだが、いかにも渋々というように口の端を上げた。うんと譲れば、まあ笑ったように見えなくもないという、ぎこちない表情をした。

「冬吾様、こうです。ほら、にいーって」

るいが自分のほっぺたを両手で引っぱって指南する。

「無理を言うな」

そういえば冬吾様が笑ったところは、あたしも初めて見たわねえとるいは思った。ずいぶんと引き攣《つ》って、口もとがぴくぴくしているけれども。

「ほら、優しい人でしょ？」

そう言ってうなずいてやると、おコウはるいの陰から顔を出して、おずおずと座りなおした。それでもまだるいにくっついたままであるが、それはまあ、いいとしよう。

「おコウ。まわりが見える？　桜は見えている？」

しかしおコウは視線を泳がせると、首を振った。

「何も見えない。暗い」

そう、とるいは肩を落とした。やはり、この場所にいるから見えるというものではないのだ。

冬吾はもとの仏頂面に戻ると、懐から小さな包みを取りだした。布を広げて、中にあった櫛をおコウに見せた。

「おまえが探していた櫛は、ここにある」

おコウの目が、冬吾の手の中のそれに釘付けになる。そろりと手を伸ばし、櫛を取ろうとして、その動きを止めた。冬吾が櫛を握りしめるようにして、自分のほうに引き戻したからだ。

「返して」

弱々しく、おコウは懇願する。

冬吾はじっと彼女を見て、言った。

「おコウ。この櫛を、私にあずけてはくれまいか。——私がおまえの代わりに、八枝にこれを、返す」

一句ずつ、はっきりと声を強めた。

おコウは驚いたらしい。青白い顔が困惑している。

返して、とさらに小さな声で繰り返した。

「それはあたしが、八枝様にもらったの。八枝様の大切な櫛なの」

そうだなと、冬吾はうなずいた。

「おまえはこの櫛を八枝に返したいのだろう？　八枝が牢から出ることができて、自由になったら」

「そう」

だからおコウに櫛を戻すことはできないのだ。八枝はもう一度屋敷に封印するしかない、と昨日、冬吾は言っていた。ならば八枝が自由になることはない。

八枝が自由にならなければ、おコウが櫛を返すことはできない。できなければ——櫛を返すという願いは果たされぬまま、おコウはいつまでもこの世をさまよわねばならないのだ。

八枝を救いたいという思いとともに、櫛を返すという願いもまた、おコウを現世に縛りつける未練であるのだから。

「八枝はおまえに、この櫛を渡して、逃げろと言ったのだな」

かった」

「おまえは、八枝のことが好きで、八枝を牢から救いだすために、奉行所に知らせに向かった」

「そうなの」

「八枝はおまえに、優しくしてくれたのだな」

「そう」

冬吾は強い声で言った。

「おまえは、立派だ」

おコウは目を見開いた。

「たった一人で。怖くても逃げもせずに。頑張ったのだな」

おコウの身体が、かすかに震えている。彼女がまだくっつくように隣に座っているので、るいにはそれがわかった。

「どうして」

掠《かす》れた声を、おコウは漏らした。

「それは、あたしの櫛。八枝様の櫛」

冬吾はうなずく。

「おまえの櫛だ。だから、私にあずけてくれと頼んでいるんだ。私が八枝に返す。必ずだ。おまえがこれを返そうとしていたことも、ちゃんと伝える」

「どうして」

なぜあなたが、と。

「私は八枝を、よく知っている。以前に会っている。——おまえにも、会ったことがある」

冬吾は眼鏡を外すと、額にかかった前髪を掻き上げた。露《あら》わになったその端正な顔に、おコウは探るように視線をさまよわせる。

そうしてふと、身を乗り出した。るいから離れて、冬吾のほうに膝で少しだけにじり寄った。

「以前におまえに会った時、私は九つの子供だった。おまえが今も捜していたのは、その時の私だ。あの時の子供が、私なんだ」

時の流れを思いだしたのなら、わかるはずだ。あの時から二十年以上が過ぎて、子供はそれだけ年を取った。

「私はおまえに言ったな。八枝を助けると」

おコウはまたわずか、膝を前に進めた。冬吾の顔をしげしげと見ている。やがて、唇から思わず言葉が零れたみたいに、ぽつりと言った。

「とうご」

ふうっとるいは息をついた。おコウは思い出した。思い出せた。……そうしてやっと、捜していた子供に会えた。

「この前は悪かった。おまえがこの娘に取り憑いたから、ああして追いやるしかなかった。けして、おまえのことを忘れていたわけではない」

そう言った冬吾の表情は、先ほどの笑顔の時よりもよほど優しげに見えた。

「もういい、おコウ。もういいから、明るいところへ行け。本当なら、とうの昔に行っていたはずのところへ行け。おまえはもうこれ以上、この世にとどまっていてはいけない。その必要もない」

おコウはうなだれた。小さく首を振る。

「でもそうしたら、八枝様が一人になる。あたしがいなくなったら、一人ぼっちになってしまう。誰も八枝様を助けてくれない」

大丈夫だと、冬吾はまた声を強めた。

「私にまかせろ。八枝は一人にはならない」

「本当？」

「約束する。……いや、もうずっと前に、おまえにそう約束していたな」

おコウはそろそろと顔をあげると、泣きそうな顔をした。

「とうごが八枝様を助けてくれる？」

ひとつ息をつくような間をおいて、「ああ」と冬吾はうなずいた。


「はい、どうぞ」

るいは広げた弁当から料理を取りわけて、おコウの前に皿を置いた。

おコウがまず箸をつけたのは卵焼きだった。おそるおそる齧《かじ》って、目を丸くする。それからは夢中で頬張った。

「美味しい」

「よかった。あたしも卵焼きは大好き。たくさんあるから、いっぱい食べて」

言いながらるいがもうひとつ卵焼きを皿にのせてやると、おコウは嬉しそうにふわっと笑った。初めて笑った。

「あなたも優しい。ありがとう」

胸が詰まるような思いがした。もしかしたらおコウは、生きている間に卵焼きを食べたことがなかったのかもしれない。

「ほら、稲荷鮨《いなりずし》もあるよ。それから蒲鉾《かまぼこ》、お花見といったら蒲鉾だよ。あと煮豆と田楽と、あ、昆布の煮しめも――」

おコウの皿に料理をどんどん盛り上げていくるいを見て、それまで黙々と酒を飲んでいた冬吾が、呆れたように「おい」と声をかけた。

「そんなにいっぺんに食えと言われても、困るだろう」

「あ、そうですね」

傍《はた》から見ていれば、誰も座っていない場所に料理の皿を置いて話しかけるるいの姿は奇態だろうが、まあ、陰膳《かげぜん》とでも思ってもらおう。実際、たいした違いはない。

花見客たちのさざめき。桜の下を行き交う人々の笑顔。三味にあわせて踊る者、小唄を披露する者。あちらの老若男女の集まりは、どこかの長屋から繰り出してきたのだろう。幼い子供の手を引いた家族連れも多い。桜を愛でる者たちは、皆、心から幸せそうだ。

この風景を、おコウはどう見ているだろう。――いや、まだ見えていないか。

ふと、美味しい美味しいと箸を動かしている娘の、青白く落ち痩《こ》けた頰がうっすら赤みを取り戻して、丸みをおびていることにるいは気づいた。

生きていた時の姿に近づいているのだろう。これなら、るいがどこかで見かけても、生きているか死んでいるか区別はつかないかもしれない。あいかわらず痩せっぽちで、箸を持つ手にあかぎれがあることまで見てとれて、それがちょっと切ない。

川面からあがってきた風に、桜の枝がいっせいに揺れた。

花びらが舞い、視界が薄紅に染まった。人々がおお、と感嘆の声をあげる。

おコウの肩に、手に、皿の上に花びらが落ちた。

動きを止めてしばしその薄紅色を見つめてから、おコウは顔を仰向けた。

頭上に差しかかる花の枝。その向こうに広がる、青い空。

綺麗。

おコウが呟いた言葉に、るいはハッとした。

「見えるの？　おコウ、桜が咲いてるよ。満開だよ！」

おコウは箸と皿を下に置くと、立ち上がった。頭上の桜と、空に向かって、うっとりと両手を伸ばした。

桜。春の陽射しに、きらきらと光る花びら。

――なんて明るいんだろ。なんて暖かいんだろ。こんな綺麗な景色、見たことがない。

風と戯《たわむ》れて舞い落ちる花びらを、おコウの指が追う。ひとひらを摑んだおコウの手が、陽の光に溶けるように透きとおった。

ひらり。

おコウが大切そうに手の中に握りしめたはずの花びらが、莫蓙の上に舞い落ちる。

るいはゆっくりと目を瞬かせた。

「さようなら」

呟いた時には、おコウの姿はもうなかった。


「ようやく、あちらへ行ったな」

盃を置いて、冬吾は言った。

はいとうなずいて、るいはたった今まで娘がいた場所を見つめた。おコウの皿には、るいが取りわけた料理が、誰も手をつけなかったみたいにそのまま残っている。そういうものなのだろうけど、るいは鼻の奥がつんとした。

——あなたも優しい。ありがとう。

(なによ。これっぽちのことで)

あんたは自分の望みなんて、何もなかった。自分のためにこの世に残っていたわけじゃなかった。それなのに、お礼なんて言われたら困るわよ。

「おい。泣いているのか」

「ち、違いますよ」

冬吾が怪訝に顔をしかめたので、るいは慌てて手の甲で顔を拭った。

「おコウがちゃんと成仏できて、よかったなって思っただけで……ふがっ」

言葉の途中で口の中に稲荷鮨を突っ込まれて、るいは息が詰まった。

「こんなところで泣かれたら、周囲から私が苛めたように思われるだろうが」

もぐもぐと咀嚼《そしやく》しながら、そういえば前にもこんなことがあったわねえとるいは思った。あの時は、饅頭《まんじゆう》だったっけ。

(でも周囲の目を気にするのなら、人の口にいきなり食べ物を押し込むのも、どうかと思うんだけど)

「冬吾様」

口いっぱいの稲荷鮨をようやく飲み込んで、るいは言った。

「どうせなら、卵焼きのほうがよかったです」


「あの……」

花見の帰り道である。るいが思い切って口を開いたのは、大川の端を離れてもうじき一ツ目橋という頃であった。橋を渡って竪川《たてかわ》沿いに進めば、六間堀はすぐだ。

るいが話しかけても、冬吾はずっと上の空だった。仕方なしに今まで口を噤《つぐ》んでいたのだが、とうとう堪《こら》えきれなくなった。

「さっきおコウに言っていたことですけど。……八枝に、櫛を返すって」

わずか先をゆく冬吾は、足を止めずに肩越しにるいを一瞥した。

「ああでも言わなければ、成仏しそうになかったからな」

「じゃあ、八枝を助けるっていうのも」

「おコウの未練を断ち切るためには、ああ言うしかなかった」

「……そうですね」

やっぱり、とるいは思った。

（そりゃそうよね）

八枝は封印すると、冬吾は言っていたのだ。助けることも、櫛を返すことだって、できるわけがない。るいにだって、わかっていたことだ。

それでも少し、ほんの少し胸の底のほうでガッカリしたのは、冬吾がおコウに優しかったからだ。真摯《しんし》に、力強く、おコウの願いにうなずいていたから。たとえおコウのためとはいえ、あれがあの場の方便だとは思いたくなかった。

でも仕方がない。きっと冬吾にも仕方のないことなのだと、るいはため息をついた。

（嫌がっていたお花見にだって、今日はこうして出てきてくれたのだもの）

それだって冬吾の思い遣りに違いない。おかげでおコウに桜を見せてやることができた。

そんなことを考えながらとぼとぼと歩きだしたところで、冬吾の声が聞こえた。

「だが、約束をしてしまったからな」

るいは思わず目を瞠って、立ち止まった。変わらぬ足取りで歩いてゆく冬吾の背中を凝視する。

しばらく歩いて、るいがついてきていないことに気づいたらしい。冬吾は振り返ると、何をしている、と横柄に声を張り上げた。

「置いていくぞ」

「は、はい！」

るいは跳ねるような足取りで、冬吾を追いかける。

傾きかけた陽の光に、堀の水面がちらちらと光っている。帰ったらお茶を淹れて、皆でお土産に買った桜餅を食べよう。お父っつぁんには、特別にちょっぴりだけお酒を飲ませてあげよう。

九十九字屋は、もうすぐそこだった。

第二話

おとろし屏風

一

朝、九十九字屋に到着して表の戸を開けると、るいは新鮮な空気を胸一杯に吸い込んだ。

「よかった。今日はいい天気になりそうだわ」

昨日の宵から明け方にかけて雨が降ったせいで、店《たな》の前の地面が濡れている。激しい雨ではなかったが、そのまま降りつづけばまだ枝に残る桜の花もすっかり散ってしまうだろうと、残念な気分でいたのだ。

暦は弥生《やよい》三月に入ったばかり。墨堤《ぼくてい》での花見から、三日が経っていた。

人目がないのをいいことに、るいは両手を高く上げて「うーん」と伸びをした。冬吾が二階から下りてくる気配はないが、それもいつものことだ。店の中に戻って、まずは水汲みをしようと手桶を持ち上げたところで、るいは「あれ？」と首をかしげた。

一階の座敷の隅に、枕屏風《まくらびょうぶ》が広げて立ててあった。見覚えのある品だ。

（これ、最初のお花見の時にナツさんが持ってきた——）

あの世の一歩手前だという場所に通じる、『不思議』な屏風だ。

でもどうしてここに、とさらに首をかしげた時、

「おや。またかい」

声が聞こえてそちらに目をやると、どこからかあらわれた三毛猫が土間から上がり口にひょいと飛び乗ったところだった。

「おはようございます、ナツさん」

「ああ、おはようさん」

返事とともに、猫は艶《あで》やかな女の姿に変わった。そのまま枕屏風の前に立つと、ナツは呆《あき》れたようにそれを見下ろした。

「先日の花見以来、こうして度々出て来るんだよ。その都度《つど》、蔵にしまっているんだけどさ。どうしたことかね」

「え、蔵から出てきたんですか？　この屏風が勝手に？」

「そういうことは前にもあっただろ。何しろあの蔵に入っているのは、器物というより

はもののけに近い連中だ」

「言われてみれば……」

　昨年の虫干しの時、蔵から勝手に出てきた鏡のせいで一悶着《ひともんちゃく》あったのを思い出す。

（それなら、今さら驚くことでもないわね）

　るいは手桶を下ろして座敷に上がると、屈《かが》んで屏風をのぞき込んだ。ためしに指でついてみたが、何も起こらない。屏風に描かれた桜の絵は、本当にただの古びた絵でしかなく、気難しいシロモノだとナツが言っていたように、今はあちらへの戸口を開くつもりはなさそうだった。

「これ、そんなに何度も出てきてたんですか？　あたし、ちっとも知らなかった」

　るいが屏風から顔を上げると、ナツは肩をすくめた。

「出てくるのはたいてい、冬吾の部屋だったからね。目を覚ますと枕元にこれがあるらしい」

　とすれば、これまでるいの目に触れなかったのも当然だ。でも今朝にかぎってどうして座敷にあるのだろう。

　首をかしげたるいに、「まあ、あやかしってのは気まぐれなものだから」とナツは笑った。

「どうしましょう、これ」

「そのままにしておけば、冬吾が片付けるさ」

ナツが言ったとおり、それから半刻《はんとき》ほど経ってもそもそと起き出してきた冬吾は、座敷の枕屏風に気づいて軽く顔をしかめながら、それを蔵へ仕舞いにいった。

その後ぶらりと店を出ていったのは、朝飯ついでの散歩だろう。これまた日常のことなので、かまわずにるいは掃除に取りかかる。布巾を干しに裏庭に出ると、蔵の壁にいる作蔵と、そのそばで日向《ひなた》ぼっこをしている三毛猫が、のんびりと世間話をしている声が聞こえた。

思ったとおり、今日はよく晴れて暖かい日だ。このまま普段どおりの長閑《のどか》な一日であればいい。このところの怨霊だの祟《たた》りだのという話をうっかり忘れてしまうような、客が来なくて暇だとぼやきながら掃除や雑用をこなして、手が空いたらお茶を飲んで、そうして終わる一日がいい。

そんなことを考えながら裏庭から店に戻ったるいは、あれと首をかしげた。

(どうしてこんなに暗いんだろ)

屋内に一歩入ったとたん、座敷や土間に薄闇が凝《こご》ったように、店の中がひんやりと薄暗く感じられたのだ。一瞬、まるで見知らぬ場所にいるみたいな心持ちがした。

慌てて目をこすって、ぱちぱちと瞬《まばた》きしてから、もう一度見回す。すると薄闇などどこにもなく、店の中はいつもと何も変わった様子はなかった。開け放った戸口から陽が入って、土間の床が白く光っている。

きっと外の陽射しに目が慣れていたせい。それでぱっと屋内に入ったものだから、いつもより暗く見えたに違いないわ。――と、るいはあっさり納得すると、さっさと掃除のつづきに取りかかった。

冬吾が戻ったのは昼過ぎだった。朝だけではなく昼飯も外で食べてきたようで、帰るなりそのまま二階へ上がっていった。

いつもよりも長めの散歩だったわねとるいが思っていると、ほどなく風呂敷包みを持ってまた下りてきた。「おい」とるいに声をかける。

「数日の間、店を留守にする。しっかり店番をしていろ」

これからですかと、るいは目を丸くした。

「どこかへ行くんですか？」

猿江町だと唸るように返答があった。

「八枝《やつえ》を封印するには、それなりに手はずを整えることが必要なのでな。しばらく実家に滞在する」

どうせあちらに足を運ぶのなら、いちいち店から通うのでは時間が無駄だという、苦渋の決断であったらしい。

なるほどと、るいは思った。

(嫌々なものだから、腹を括《くく》るために、いつもより長くその辺を歩き回っていたのかしら)

顔をあわせたくないのはお互いさまだから、周音《あまね》のほうでもありがたくない話に違いない。

でもこれを機に兄弟仲が少しはよくなるということも、ほら波田屋《はたや》さんだって二人がこのままで良いとは思えないって言っていたことだし……と思ってから、るいはぶるんと首を振った。まあ、そんなことを口にだした日にゃ、とんでもないことになっちまうわと考えなおす。

「いつお帰りですか？」

「この件の片がついたら、戻る」

それはどれくらいかかるものだろう。ほんの二、三日とでもいうような冬吾の口ぶりであるが。

冬吾は土間に降りて草履《ぞうり》をつっかけると、座敷を振り返った。

「私の不在の間に何かあったら、ナツを知らせによこせ」

るいがうなずくより先に、座敷の座布団の上で丸まっていた猫が、「やれやれ」と顔を上げた。

「あの素《す》っ頓狂《とんきょう》の顔なぞ見たかないけれどね。まあ、頼まれとくよ」

「――いざとなったら、二階へ逃げろ」

店の外で、冬吾は見送りにでたるいに言った。

「え、冬吾様の部屋に？」

「たいていのあやかしは近づけないようにしてある」

これまで冬吾の部屋に入ることは許されていなかったし、そんなことを言われたのは初めてなので、るいは驚いた。逃げろって、どういうことだろう。いざとなったら逃げなきゃいけないことって何かしら。——と、あれこれ思ったことが顔にでたらしく、冬吾はるいを一瞥《いちべつ》してふんと鼻を鳴らした。

「そんなことにはならないよう、早めに手を打つつもりだ」

おコウから預かった櫛《くし》は私が持っていくとつけ加えてから、冬吾は堀端へと歩きだす。その後ろ姿を見送りながら、なんだか急に心細い気がして、るいは小さなため息をついた。

二

事が起こったのは、冬吾が店を留守にして四日目のことだった。

(なんだか気が抜けるわね)

店主のいない店の中は、いつもよりもがらんとして広く感じられる。こんなに間口の狭い店なのに。普段は二階に籠《こ》もっていることが多い冬吾だが、それでもいるのといないのとでは大違いだ。

昼ご飯をすませて筧屋から戻ったばかりだが、掃除も雑用も今日のぶんはすっかりすんでいて、もうやることがない。

こんな時くらい客がくればいいのにと思いながら、るいは襷《たすき》をほどいてぼうっと上がり口に腰を下ろした。

「あれ？」

違和感をおぼえたのは、その時だ。

急にあたりが暗くなった。まるでいきなり夕暮れが訪れたように、店の中に薄闇がたちこめた。

とっさに、雨が降るのかと思った。雨雲が空に広がって、陽が陰ったのだと。さっきまであんなにいいお天気だったのにと戸口の外に目をやると、そこから見える路地は変わらず春の陽射しにあふれている。え、と目を見開いたとたん、背筋にひやりと悪寒が走った。

つい先日も同じことがあった。店の中がひどく暗く見えたことが。あの時は一瞬だったから、よく考えずにやり過ごしてしまったけれど。

るいは飛び上がると、戸口に駆け寄った。思わずの行動だったが、その目の前で誰も手を触れていないのに音を立てて戸が閉まった。

「え、なに……？」

振り返ると、土間からつづく台所の勝手口も閉ざされている。

(なによ、これ。どうなってるの)

戸を開けようとしたが、いくら力をこめてもびくともしない。勝手口へと走ったが、そちらの戸も同じでまるで岩と取っ組み合ってるみたいに、押しても引いても動かなかった。

ならば縁側から外にと思ったが、障子《しようじ》を開けたとたんにぎょっとした。なんと雨戸が閉て切られている。当然のようにこちらも開かない。

そうこうしているうちに、薄闇が濃くなりはじめた。今はもう、日が落ちても行灯《あんどん》の火を入れていないくらい、店の中が暗い。

まずい、とるいは思った。これは何か、とてもよくないことが起こっているのだ。

「誰か！　ナツさん！」

るいは動転して叫びながら、勝手口の戸を叩いた。はじめは掌《てのひら》で、すぐに拳《こぶし》で殴るようにして。

どうしたんだい、とナツの驚いた声がした。戸を隔てたすぐ外にいるらしい。

「開かないんです、戸が！　ここから出られないんです！　店の中がいきなり暗くなって――！」

「どういうことだい。ちょっと、本当に開かないね。あんた、中で心張り棒をつっかえているんじゃないだろうね」

違います、とるいは叫んだ。

「このことを冬吾様に知らせてください！　お願い！」

わかったと力強い声が聞こえたのは、台所の連子窓《れんじまど》からだ。そこから中をのぞき込んで、ナツは一目で事態を見て取ったらしい。

「すぐに猿江町へ行ってくるから。まずは落ち着くんだ、いいね。あんたは二階へ――」

ナツの声がふつっと断ち切れた。というのも、ふいに覆いでもかけたみたいにその姿が連子窓ごといきなり消えたからだ。それどころか、わずかに光の漏れ込んでいた店内のすべての窓と煙出しまでが、一瞬のうちに失せてしまった。

そうだ二階へ逃げるんだったと踵《きびす》を返そうとしていたるいは、立ち竦《すく》んだ。もはやあたりは、自分の手の先も見えぬほどの闇である。とたんに方向感覚をなくして、階段はどっちだったかとオロオロした。

「おいおい、どうなってんだ、こりゃあ？」

と、その時近くで声がして、るいは思わずへたり込みそうなくらい安堵した。お父《と》っつぁんがあらわれてこんなに嬉しかったのは、初めてだ。

「なあ、るい。ここはどこなんだ？」

「どこって、お店の中にきまってるでしょ。……それより、二階へ行く階段はどっち？　あたし、真っ暗で何も見えないのよ」

ところが作蔵は、何やらうむむと唸っている。痺《しび》れを切らせたるいが「お父っつぁん」と呼ぶと、ひどく怪訝《けげん》そうに、

「店の中じゃねえぞ。どこだかわからねえが、こりゃ別の場所だ」

「え……？」

るいは周囲を見回した。もちろんどちらを向いても暗闇でしかないのだが、目よりも鼻が、作蔵の言葉が正しいことを告げた。

空気が澱《よど》んでいる。黴《かび》臭いし、ひやりと湿った埃《ほこり》の臭いがする。それに何だろう、この生臭いような……。

（油。魚油を燃す臭いだわ）

思い当たったとたん、小さな炎が見えた。闇にぽつりと灯《とも》った、豆粒ほどの火。明るいとはとても言えないが、その暖かな色に思わず吸い寄せられるように、るいはそちらに足を向けた。

と、手探りするために前に突きだした手が、固いものにぶつかった。何かが行く手を阻んでいるのだ。

（何、これ）

指でなぞって、るいは仰天した。

そこにあったのは、格子だった。太く、頑強に組まれていて、摑《つか》んで揺さぶったくらいでは微動だにしない。

「どういうことよ……？」

格子に沿って右と左に歩いてみたが、どちらもすぐに壁に行き当たった。つまり、この先に行くことはできない。いずれにせよ格子で仕切られたあちら側も真っ暗で、ぽつりと見えた灯りは床に置かれた瓦灯《かとう》らしかった。

るいは足もとを触ってみた。板敷きであることを確かめてから、自分が素足でいることに気がついた。土間に降りた時に下駄をつっかけたはずだけど、どこへいったんだろう。動転していて、いつの間にか足から素っ飛んじまったのかしら。

「お父っつぁん、ちょっとそこの灯りをとってくれる？」

「こうか？」

作蔵は壁から腕をにゅるりと伸ばすと、瓦灯を摑んで引き寄せた。そのまま格子をくぐらせて、るいに手渡した。

指の先くらいしか見えないような灯りだが、ないよりましだ。るいは中の油皿を手にとって、もう一度格子を隅々まで調べはじめた。

「どうしようってんだ？」

「出入り口がないかと思って。格子だけなんておかしいもの。……あ、あった」

壁際に、身を屈《かが》めてやっと通り抜けられるほどの狭い潜り戸があった。しかし鍵がかかっているらしくて、開かない。格子の隙間から手を伸ばして探ると、案の定、鉄でできた錠前の硬く冷たい感触があった。

外から鍵をかけられている。と、いうことは。

「格子に鍵って、まるで牢屋みたい」

呟いてから、自分の言葉にぞっとした。

牢屋？　しかも鍵がかかっていて、中に閉じこめられている？

まさか……そんな。

「お父っつぁん」るいは引き攣《つ》った声で言った。「ここはもしかして、座敷牢じゃないかしら。あたしたち、牢の中にいるんだわ」

座敷牢だとぉ、と作蔵が素っ頓狂な声をあげる。

「いやいや、なんだって俺たちがそんなところにいるんでぇ？」

「わからないわ。わからないけど……」

冬吾は言っていなかったか。

――道が通じるようなものだ。

――八枝のいる座敷牢と私自身がひとつに繋がった。

そういえばと、るいは思い出す。あたりが急に暗くなって、気がつけば闇に取り巻かれていた。それは先日のことではない。もっと前に同じことがあった。

おコウに声をかけた日。その場に八枝があらわれた時。……自分は八枝のいる空間に引っぱり込まれようとしていたのではないかと、後になってるいは思ったはずだ。

（じゃあ、ここは……）

この場所は。

出なければいけないと、その考えが悲鳴のように頭をよぎった。早く、ここから出なければ。

「ねえ、お父っつぁんは、格子の向こうに行けるでしょ。なんとか鍵を外すことってできない？」

それが、と作蔵の困った声が返った。

「なんでだか、あっちに行けねえ。壁の中で押し戻されちまうみたいでよ」

「ええ⁉　じゃ、外にも行けないの？」

ここが八枝のいた座敷牢だとすると、屋敷の内倉のはずだ。外には屋敷の壁があるはずなのだ。

「そいつも無理だ。外の壁なんかありゃしねえ」

「でも」

「どうにも妙な具合だぜ。そもそも、外がねえんだ」

作蔵はしきりに首を捻《ひね》っている。

「ど、どういう意味」

「だからよ、上手く言えねえが、その格子からこっち側の場所しかねえっていうか……えいくそ、よくわからねえけど、とにかくここからどこへも動けやしねえってこった」

ようするに、入るには入れたが出ることはできなくなったらしい。

るいは背筋が寒くなった。お父っつぁんの言うことが本当なら、この外には屋敷も何もなくて、いや外と言える空間がなくて、今いるこの座敷牢しかないってことだ。え、でも、そんな悪い夢みたいな妙ちきりんなことってあるんだろうか。

……まあそれを言ったら、さっきまで店の中にいたのに今は真っ暗な牢の中という、妙ちきりんきわまりない事態がすでに起こっているわけだが。

（どうしよう）

るいは頭を抱えてその場に座り込んだ。

（問題は、あたしもお父っつぁんもここに閉じこめられちまったたってことだわ）

どうしようどうしよう、どうしたらここから出られるかしら。もとのところに戻れるのかしらとぐるぐる考えてから、るいは目を見開いた。

（そうだ。ナツさん）

ナツが冬吾に知らせてくれるはずだ。

(冬吾様なら、きっとなんとかしてくれる)

ただ、ナツが猿江町に駆けていって、あちらで事情を説明して、そこから冬吾を連れて店に戻るまでには幾らか時間はかかるだろう。

(しばらく待たされそうだけど、仕方ないわね)

るいは床に座り直して、あらためてまわりを見回した。牢の中は相変わらずの闇で、灯りは小さな瓦灯ひとつ。それでも最初の頃より目が慣れたのか、油皿に灯る小さな炎だけでも、牢内に置かれている物の輪郭がうっすらと浮かび上がって見えた。

あの四角い影は簞笥《たんす》だろうか。畳んだ布団もある。そういった日々に使う品々が、確かに誰かがここにいたことを示していて、逆に薄ら寒い。

他には、と目を凝らしたが反対側の壁まではさすがに見えない。果てのない闇の中にいるような気になるが、実際はそれほど広い空間ではないはずだ。わざわざ立ち上がってそれを確認する勇気はなかった。

(こんなところに)

八枝はずっとこんな場所にいたんだ。あたしだったら一日だって我慢できなくてどうにかなっちまうと、るいは思った。内倉だから明かり取りの窓もないのだろうけど、せめて灯りくらいはあったと思いたい。こんなちっぽけな瓦灯じゃなくて。

するると、そう思ったとたんにぽうっと牢の一角がほのかに明るくなった。それまで闇に埋もれていたあたりだ。驚いて目を向けると、そこに小さな灯台があって油皿に火が灯っていた。それとてたいした光ではないが、ないよりはよほどましだ。

だけどどうして灯りが……と首をかしげてから、るいは座ったまま飛び上がりそうになった。「ひっ」と思わず声が漏れる。

ふいに、ぱたん、と床を叩くような音が響いた。ずる、と床の上で何か重いものを引きずるような音がそれにつづいた。

灯台の炎が広げる円い光の外側。その闇の中から。音だけが聞こえた。

「おおお、お父っつぁん？」

「おおお俺じゃねえぞ」

傍《かたわ》らから作蔵の裏返った声がする。

「じゃ、じゃあ、何？」

ぱたん、ずる。ぱたん、ずるる。また、聞こえた。

それは、さっきよりも近く。――るいに向かって近づいている。

冷や汗が、全身にどっと噴きだした。るいは、座った格好のままで後退《あとずさ》った。背中に壁があたる。あわあわとそれを伝って這《は》うように、音から逃げた。

とっさに明るい場所を求め、灯台ににじり寄って、へたり込む。そこから動けなくなった。

ぱたん、ずる。ぱた、ず、ぱた、ず、ず。

音が早くなった。こっちにくる。炎の光に向かってくる。るいは歯を食いしばった。そうしないと、歯がかちかちと鳴りだしそうだ。

やがて。

音が止《や》んだ。寸の間、しんと牢の中が静まる。

心の臓が弾《はじ》け飛びそうだった。思わず息をつめて、けれどついに堪《こら》えきれずに、ひゅうっとるいが深く息を吸い込んだ――次の瞬間。

まるで闇を割るかのように、髪を長く垂らした女の顔が、るいの目の前にあらわれた。床に這いつくばった格好で、瞳のない白々とした目でこちらを睨《にら》み上げた。

「き――」

るいは大きく口を開けた。悲鳴が喉《のど》もとまでせり上がる。が、

「どっえぇぇ――！　出たあぁ！　出やがったあああぁ――！」

すぐ傍らで破鐘《われがね》のような大声が響いたものだから、自分の悲鳴が喉につっかえて、ぱくぱくと間抜けに口を開け閉めする羽目になった。

「ちょっと、お父っつぁん、先にわめかないでよ！」

「無茶言うな！　なんだなんだ、この女はよぉ！」

「だから、耳もとで大声出さないでってば！　お父っつぁんは妖怪なんだから、今さら怖がる必要なんてないでしょ！」

「はあぁ？　妖怪だって怖《こえ》ぇもんは怖ぇんだよ！　おめえこそ、とんだ蒟蒻《こんにやく》の木登りだぜ」

「何よ、それ」

「蒟蒻ってなぁ、いつもぶるぶる震えてるだろうが。そいつが木に登るから、震え上がるってこった」

「洒落《しやれ》を言ってる場合じゃないわよう」

ぱたん。女の手が前に伸びて、叩くように床板を摑んだ。爪を立てて力をこめると、

ずるっと身体《からだ》を前に進めた。

反射的にるいは後ろににじりさがり、壁に背中を押しつける。女がさらにもう一方の手を伸ばし、闇から身体を引き抜くようにして這い寄ってくるのを、息が止まる思いで見つめた。見つめることしかできなかった。

小さい頃からいやというほど幽霊を見慣れているるいであるが、さすがにこれは度を越している。

女の肌は気味が悪いほどに白く、妙にぬめりを帯びて見えた。長い髪は乱れて顔や身体に絡みつき、女が身動きするたびに床の上でうねっている。しかもあろうことか、女は顔に笑みをたたえていた。口の端を大きく吊り上げ、白く濁った目をるいに向けたまま、嘲笑《あざわら》うように声なく笑っているのだ。

どうしてかしら、と痺れた頭でるいは思った。どうしてこの人、床を這っているんだろ。歩けないのかしら。

理由はすぐにわかった。わかったとたんに、そわぞわっと鳥肌がたった。

灯台の灯りに照らされて、女の下半身がうっすらと浮かび上がる。腰から下は着物の裾が大きくはだけて、そこに——あるはずの足がなかった。少なくとも、人間の足と呼べるものは。代わりに、肌色の蛇の尻尾のようなものが長々と一本生えていて、ぐねぐねぶよぶよと蠢《うごめ》いていた。

普段から作蔵を見慣れていなければ、このあたりで気絶していたかもしれない。

ああそれで、と頭の隅の妙に冷静な部分で、るいは納得した。

だからあの時、ちゃんと立てなかったんだ。おコウの背後に、影のようにあらわれた時。この人は自分の身体を支えきれずに、あんなふうに前後だか左右だかにゆらゆらとしていたんだ……。

これはもう、幽霊なんかじゃない。怨霊というよりも、もはや、化け物だ。

他者を祟るほどの怨《うら》みというのは、こんなふうに、その人の生きていた時の姿までも壊して変えてしまうものなのだ。

――優しい人。

おコウの声が脳裏をよぎった。とたん、るいの胸になんともいえない悲しさと憤ろしさが湧いた。

「八枝……さん」

呟くように、るいは女の名を呼んだ。

女はもう、るいの膝《ひざ》もと近くまで這い寄っていた。腕を伸ばせば、指が触れる。まさにそうしようとしていた女の動作が、一瞬、止まった。瞳のない目が、るいを見上げた。

「あなたは八枝さんなんでしょう？　どうして――」

言葉が途切れた。八枝の身体が床から跳ねて、るいに飛びかかった。両手でるいの二の腕をぎちりと摑んだ。

「きゃ、きゃあ、きゃあああ――！」

動転して、るいは身も世もない悲鳴をあげた。じたばたと暴れて、足で相手を蹴りつけた。が、摑んだ手は離れない。氷のような指がさらに腕に食い込んだ。

（怨霊って、力が強い……）

霊なんて紙みたいに軽いはずなのに、振り払えないということは、やはりこれは化け物だ。

目と鼻の先に女の歪《ゆが》んだ笑い顔が近づいた。うねる髪が頰に触れる。るいはまた悲鳴をあげて、いっそう激しく足で蹴った。

「おいこら、るいに何をしやがる！」

作蔵は壁から腕を伸ばし、八枝の肩を摑んでるいから引き剝《は》がそうとした。それでも女の身体は揺るがない。

「げ、なんてぇ力だ」

蹴るわ引っぱるわ抗《あらが》うわの騒ぎをつづけているうちに、灯台がひっくり返って炎が消えた。同時に、残っていた瓦灯の火までなぜだか一緒に消えたらしく、あたりはまた墨で塗り潰したごときの闇となった。

「きゃあ、まっくら――!」

なのにどうしてだか、八枝の姿は見えた。白い顔、白い腕。着物の裾からのぞく下半身が、気味悪くくねっているところまで。

どうしよう、あたしこのまま、取り憑《つ》かれるんだろうか。まさか頭からばりばり喰われることはないと思うけど。

怖すぎて、なんだか急に腹が立ってきた。

(だいたい、どうしてあたしがこんな目にあわなきゃならないの)

理不尽だ。

「ちょいと八枝さん!　あたしはあんたに怨まれるおぼえはいっこもないよ!　なのにいきなり襲いかかってくるってのは、どういう了見だい!?　何のつもりか、まずは口で説明しな！　これじゃどうしたいんだか、さっぱりわかりゃしないよ！」

一息にまくしたてて、目の前の顔を睨《にら》みつける。

「おいおめえ、そりゃ火に油じゃねえかい」

「お父っつぁんは黙ってて。——怨霊だか化け物だか知らないけどね、それくらいの筋はきっちり通せってんだ！」

怒鳴りつけたら、八枝の顔から笑いが消えた。

あら本当に火に油を注いじまったかしら。かまうもんか、なんだったらもう一言二言、破れかぶれで怒鳴ってやる。そう思って身構えたるいだったが、

——返せ。

八枝の口から呻《うめ》くように漏れた声に、目を見開いた。

——返せ。私に、返せ。

「な、何を？」

返せるものなんて、おコウが持っていた櫛くらいだけど、多分違う気がする。

——おまえたちが取り上げた。私から奪ったものを、返せ。

八枝はひび割れた声で、返せと繰り返す。暗い怨嗟《えんさ》に満ちた声だ。

「だから、何を返せばいいのよ!?」

――子供を。

――私の、あの子を。

(子供?)

ちょっと考えて、るいははっとした。

そういえば、周音が言っていなかったか。閉じこめられた女は子を身籠《みご》もっていた、と。

(でも、その子供は)

死産だったはずだ。

――返せ。返せ返せ返せ、返せ……!

髪を振り乱して、八枝は吼《ほ》えた。闇が轟《ごう》と震える。

――返せ、かえぇぇせえぇぇ……!

「ちょ、ちょっと待って」

――おまえが、おまえたちがあぁぁ!

「あたしじゃない、あたしは何も知らないわよ。あなたとは、ほとんど初対面でしよ！」

おいこら離れろるいから離れろと、作蔵は女の尻尾——と、もう言ってもいいだろう——の部分を摑んで引っぱろうとするが、こちらはくねくねと手をすりぬけて、まるで落語の鰻屋《うなぎや》だ。

——かぁぁえせええぇ……！

女はまた吼えた。眦《まなじり》を吊り上げ歯をむき出し、苛烈《かれつ》に歪んだ顔はまるで鬼のようだ。

ひっと悲鳴をあげて、るいは目をつぶった。壁に押さえつけられて、どうにもこうにもこれ以上身動きがとれない。

(もう駄目だ、あたしきっと、この女に取り憑かれるか祟り殺されるか、どっちかなんだわ)

万事休す、と思った時。

からり、と戸を引く音が聞こえた。

「冬吾様……!?」

格子の引き戸が開いたのだと、るいは思った。冬吾が助けに来てくれたのだと。

しかし。

（あれ？）

るいは目を開け、何度も瞬きした。見えたのは冬吾の姿ではない。開いたのは、格子の戸ではなかった。闇の一角を切り取ったように、縦長の四角になった白い光がある。ちょうど戸口くらいの大きさだ。そこに誰かが立っている。逆光のせいでぼんやりとしていて、よくわからないけど小柄な……女性らしい。髷《まげ》が真っ白な……とすると、老女だ。

こんな時だが、るいは呆気《あっけ》にとられた。誰かしら、と思う。

白い光はすぐにゆっくりと幅を狭めて、そのまま細く細くなって、消えた。ぱたんと戸の閉まる音がしてあたりはまた闇の一色になる。

すい、すい、すい、と足袋《たび》で畳を踏むような足音が近づいてきた。すぐ近くで止まって、次には声が聞こえた。

「おやまあ。まったく、なんて騒ぎだろう」

やはり年嵩《としかさ》の、落ち着いた女の声だ。まるで幼子を諭《さと》すような調子で、

「あんたねえ、ここは私の家でもあるんですから。少しは遠慮をしてくださいな。さあさあ、その娘さんから手を放して。そういう無体なことはするもんじゃありませんよ」

八枝の動きは少し前から止まっていた。言葉を失っている作蔵やるいと同じように、彼女もまた、この闖入者《ちんにゅうしゃ》に驚いていたのかもしれない。

ぐるりと八枝が首を巡らせて目を向けた先、声の主の姿は闇に紛れて見えない。けれども、確かにそこに佇《たたず》む者の気配はあった。

「あんたの事情は聞きましたよ。ずいぶんと気の毒なことだった。あんたを酷い目にあわせた連中は、放っておいたって極楽へなんぞ行けやしない。畜生道へ真っ逆さまでしょうよ。それでもあんたの怒りがおさまらないのは無理もないことだけれど、その矛先を関係のない相手に向けるのは、見当違いってもんです。字を読むことも書くこともできない人間に、字を教えろと無茶を言うようなものじゃないですか」

柔らかく微笑《ほほえ》んでいるような口調である。

「あんたに言伝《ことづて》がありますよ。あの人からね。あんたは忘れちまってるかもしれませんが、あの人はあんたとした約束を忘れちゃいなかった。あんたの子は、あちら側にはいませんでしたよ。とすると、いるのはこちら側だ。この世にいるってことは、少なくともちゃんと元気に生きているってことじゃないでしょうかね」

るいの両腕を締めつけていた力が、緩んだ。八枝はるいから離れると、身体ごと声の主と向きあった。

ほら今のうちにと、これはるいにかけられた言葉であった。

「もう大丈夫。そっちに出口があるから、早くお逃げなさいよ」

そう言われても、そっちがどっちなのか、わからない。ぐるぐるとあたりを見回して、るいはふと闇の一点に目を留めた。

その場所が、黒い陽炎《かげろう》のように揺れている。目を凝らすと闇の色がわずかに薄れて、その向こうに見慣れたものの輪郭が見えた。

あっと叫びかけて、るいは慌てて口を押さえる。

見えているのは、二階の冬吾の部屋へつづく階段だ。

るいはそうっと立ち上がった。声の相手に礼を言いたかったが、八枝に気づかれるのが怖いので、心の中で頭を下げる。

そろそろと壁を伝って足を進め、階段の縁を摑んだ。その固い感触を確かめると、手と足を両方使って、駆け上がった。

「……それで、言伝のことですけど」

階段を上がりきったところで、その声が聞こえた。るいは思わず振り返って、階下に目をやる。が、黒々とした水に浸ったように、下のほうは何も見えない。階段は半ばでぶっつりと闇に飲み込まれていた。

「ずいぶん遅くなって、すまないと。……でも、もうじき……きっと……」

その声も、ひどく遠い。どこから聞こえるのかもわからぬほど、くぐもって、途切れて、最後のほうはもう届かない。

目の前の唐紙を引き開けて、るいは部屋の中に転がり込んだ。

初めて入った冬吾の部屋は、隅々まで、ぽかんとするほど明るかった。窓の障子に午後の陽が映えている。暖かくて、静かだ。乾いた畳の匂いがする。あちこちに積み上げられた書物。文机《ふづくえ》の上にも本が置いてある。自分でちゃんと掃除をしているようで、乱雑ではなくきちんと整頓されているところが、冬吾らしい。

唐紙をぴしゃりと閉ざしたとたん、るいは安堵のあまり身体中の力が抜けて、腰まで抜けたようになって、畳の上にへなへなと座り込んでしまった。

おーいるい、と襖《ふすま》の外から作蔵の声がする。

「お父っつぁんも早く、中に入って!」

「いやそれが、どういうわけか俺ぁそっちに行けねえんだ」

「え」

そういや冬吾様が言ってたっけ。この部屋にはあやかしを近づけないようにしてあるとか、何とか。

「もう、お父っつぁんたら、どうしてこんな時にあやかしなのよう」

「無茶苦茶言いやがる」

「だって、お父っつぁんだけこっちに戻れなくなったらどうするの⁉」

心配いらねえと、案外のんきな声が返った。

「あの蛇だか鰻みてえな、おっかねえ女は消えちまったぜ。あとから入ってきた婆《ばあ》さんもだ。一階もいつもの座敷に戻ったし、大丈夫じゃねえか」

「え、そうなの？」

じゃあ、座敷牢は消えてしまったのだろうか。八枝は本当に、もういないのか。

自分の目で確かめたかったけど、足が動かない。

「駄目だわ、お父っつぁん。あたし、腰が抜けちまってる」

「仕方ねえなあ。おめえはそのままそこにいろ。おっつけ、店主も戻ってくるだろうからよ」

積んである書物を崩さないように注意しながら、腕を使って壁際まで身体を運び、そこにもたれかかって、るいは大きく息をついた。

店の正面側の窓は障子を開け放してあって、そこから空が見える。しみじみとその青さに見惚《みと》れながら、るいは思うともなく老女の言葉を思い返していた。

あの老女が誰で、どうしてあの場にあらわれたのか、るいにはわからなかった。言っていることの意味も、実はさっぱりだ。でも、とても大切なことのような気がした。

――あの人はあんたとした約束を忘れちゃいなかった。

あの人って、誰。約束とは何。

考えたところでわけのわからないことが増えるだけなので、るいは「やめた」と呟いた。

さすがに草臥《くたび》れた。早く冬吾が帰ってこないかと思いながらぼんやりと空を見上げているうちに欠伸《あくび》がでて、目蓋《まぶた》が重くなって、るいはいつしかこくりこくりと舟を漕いでいた。

そうして、夢を見た。

るいは神社の境内《けいだい》にいた。見覚えのある場所だと思ってから、猿江町にある辰巳神社だと気づいた。冬吾の実家だ。

（あ、お壱《いち》さん）

母子石《ははこいし》のそばに、素朴な風情の小太りの女が立っている。るいには気づいていないらしい。声をかけようとして思いとどまったのは、親子のように寄り添う大小の石の前にしゃがんで手を合わせている、もう一人の女性の姿があったからだ。

こちらに背を向けているので顔は見えないが、その後ろ姿にはどことなく気品がある。武家の妻女のなりではないし、大店のお内儀《かみ》にしては着ている物が地味だが、その両方と似た雰囲気のある人だ。

この人の子供も迷子になったのかしらと神妙な気持ちになって見ていると、一心に願う呟きが聞こえた。

「……八枝様のお子様が見つかりますように。八枝様が、お子様ともう一度会うことが叶いますように」

え、とるいが驚いたのはもちろんその言葉と、いつの間にか自分が女性のすぐ後ろに立っていたことだ。

石に貼られた紙をのぞき込むと、『政《まさ》 八歳』と書いてあった。

やがて女性は手を下ろして立ち上がった。傍らのお壱に向かって、深々と頭を下げた。

あ、この人、お壱さんが見えているんだ——と、思ったところで、目の前の風景がぼやけはじめた。


「ちょいと、あんた。いい加減にもう、起きなよ」

頬をつつかれて、るいは目を開けた。

(あれ、あたし……)

どうして畳の上に仰向けに寝転んでいるのかしら。ええと、そうそう、ここは二階の冬吾様の部屋で、さっきまであたしは座敷牢の真っ暗闇にいて、そこに八枝が……と、一切合切思いだしたところで、るいはがばっと身体を起こした。

「あ、ナツさん」

るいの傍らに屈み込んでいたナツは、「やれ、大丈夫そうだ」と少しばかり呆れたように言った。

「戻ってきたらあんたがここでひっくり返っているからさ、肝《きも》を冷やしたよ」

「すみません。待ってたら、ちょっと眠くなっちまって……って、あれ、今は何刻ですか!?」

障子に映った陽は低く、夕暮れ間近の色をしている。さっき七つ（午後四時）の鐘が鳴ったと聞いて、るいは驚いた。

ちょっとうたた寝したつもりが、もしかすると一刻ばかりも眠っていたのだろうか。

あんたらしいと、ナツは笑った。すぐに真顔に戻って、

「何があったかは作蔵から聞いた。酷い目にあったね。すぐに冬吾を連れて戻ることができなくて、悪かったよ」

戸は開かないし店の中は真っ暗、そのうちるいの声も聞こえなくなった。さすがにナツも慌てて、異変を知らせに猿江町へ走ったのだが、なんと間の悪いことに冬吾も周音も不在だったのだという。

二人は朝に神社を発って、例の屋敷に出向いていた――と聞いて、るいは目を瞠《みは》った。

「じゃあ今日、八枝のいる屋敷を封印することになっていたんですか？」

「そういうことだね」

八枝がこの日にここにあらわれたことと、それは関係があったのだろうか。それとも、

たまたま偶然のことなのか。

「仕方がないからあっちの家の使用人に言伝して、あたしは一度戻ってきたんだ。けど、冬吾がいないんじゃどうしようもない。相変わらず店の中に入ることはできないし、こっちから迎えに行こうにも、当の屋敷がどこにあるのか、あたしは聞いちゃいなかったからね」

店のまわりをあちらへ行ったりこちらへ行ったり、もう一度猿江町まで行ったりと、じりじりしながら待っていると、ようやく冬吾が血相を変えて店に駆け戻ってきたらしい。

「え、冬吾様はもう戻っているんですか？」

「ああ、下にいるよ」

ナツは袖を口もとにあてて、笑いを噛み殺した。

「あんたにも見せたかったよ。この部屋に飛び込んで、あんたが寝ているのを見た時のあの男の顔をさ」

「その時に起こしてくれりゃよかったのに」

るいは赤くなって、恨めしげに言った。

口もとを隠したまま、ナツは目を細める。

「だって、あんまり気持ちよさそうに寝ていたから。無事ですんだのだし、そのまま寝かせておけと冬吾が言うからさ」

さすがにそろそろいいだろうと、ナツが起こしにきたということだった。

早く下に行かないとまた何を言われるやら、まあ嫌味や皮肉がてんこ盛りでも驚かないけど、などと思いながらるいは立ち上がった。眠ったおかげか、足はちゃんと動く。

やれやれと膝から腿《もも》のあたりを撫《な》でていると、

「ところでさ」

ナツがぽつりと言った。

「あれが、いつからあそこにあったかわかるかい？」

「え？」

ナツが示した先に視線をやって、るいは目を瞬《しばたた》かせた。

部屋の隅に、枕屏風が立ててあった。

例の花見の時の屏風だ。蔵にしまってもなぜか度々、外に出てきてしまうという——。

「あたしが部屋に入った時には、ありませんでしたけど……」

動転していたけれど、それは確かだ。あの時、安堵のあまり何度も部屋の中を見回したのだから。

「あたしらが最初に部屋に飛び込んだ時にも、なかったと思うね。どのみち、あんたが寝ている間ってことか」

「そうですね」

どういうことかしらと首を捻りながら、るいはともかく急いで階下へ向かった。

三

一階の座敷には冬吾と、驚いたことに周音の姿もあった。作蔵がいないのは、そのせいだろう。辰巳神社の神主には、あやかしだろうが幽霊だろうが、目に入れば見境なく祓《はら》うという困った癖があって、作蔵も一度うっかり祓われかけた。そばに寄りつきたくないのも仕方がない。

二人ともいかにもそれらしい白い装束を身につけていて、特に冬吾は普段の着流ししか見たことがなかったものだから、るいはちょっと目を瞠った。

「まったく、おまえの肝の太さには畏《おそ》れ入る。急いで戻ってみれば、まさか呑気《のんき》に寝ているとは思わなかったぞ」

案の定、冬吾はるいの顔を見るなり不機嫌に言った。

「すみません」

確かにあたしったら呑気よねとは思ったので、るいは頭を下げた。

「おかげでこちらの苦労が全部水の泡だ。屋敷を封印するために、今日まで念入りに手はずを整えたというのに」

それはあたしが悪いのかしらと、内心で首をかしげたるいだ。

好きであんな怖い目にあったわけではないのだし、そこは元凶の八枝に文句を言ってもらいたい。

ふんと鼻を鳴らしたのは、すました顔で座っていた周音である。

「放り出したのはおまえだろう、冬吾。屋敷に着いてもまだぐずぐずと煮え切らないことを言っていたと思えば、こちらが止めるのも聞かずにいきなり飛び出していったのだからな」

すべてご破算にしたのはおまえだ、先に屋敷を封じろと言ったのに耳を貸そうともせず、走っていくから追いかけるのに難儀した云々《うんぬん》と、周音は苦情を並べ立てる。取り澄ました表情のままなので、なおさら辛辣《しんらつ》だ。

「そう言うあんたはさ、なんだってここにいるんだい？」と、横目で周音を見て、ナツが口をはさんだ。「二度とこの店に足を運ぶつもりはないとか何とか、言ってなかったかねえ」

「好きでいるわけではない。成り行きだ」

あれ、とるいは思った。

「冬吾様は八枝の屋敷から、直接ここへ戻ってきたんですか？　一度神社のほうに戻ってからではなく？」

ナツの言伝を聞いてこちらへきたものとばかり思っていた。けれど考えてみれば、猿江町を経由してからでは、冬吾が店に駆けつけるのにもっと時間がかかったのではないか。屋敷のある正確な場所はるいも知らないけれど、江戸の郊外だという話だったから、ここから遠くであるのは間違いない。

（でも、それじゃどうやって、あたしが八枝に襲われたことを冬吾様は知ったのかしら？）

しきりに首をひねるるいを見て、言いたいことはわかったのだろう。冬吾は深いため息で応じた。

「封印を施す前に、屋敷の中に踏み込んだ。一応、内部の状態も知っておこうと考えてな。まずは座敷牢を見ようと内倉へ入ったのだが、そこで」

内倉は一度、八枝の祟りを恐れた者たちによって、壁の下に塗り込められていた。のちに屋敷の所有者となった三河屋吉太郎《よしたろう》の手でその壁は壊されたのだが、それ以降塞《ふさ》がれることなく、そのままになっていた。

内倉の中は入ってすぐに頑強な格子によって仕切られており、真っ暗だった。――否、真っ暗なはずなのに、なぜか牢の闇の中にぽつりと針の先ほどの灯りが見えた。驚いてのぞき込むと、なんとそこにるいの姿があったのだと、冬吾は言った。

「え、あたしがですか？」

るいはぽかんとした。

冬吾はそうだと、首をうなずかせる。

「壁際に座っていた。格子ごしに声をかけても聞こえた様子はなく、そのうち灯りとともにかき消えたように姿が見えなくなった」

その場に一緒にいた周音と二人で、手燭《てしょく》を掲げて中を照らしたが、牢の中はがらんとして無人であったという。格子に取りつけられた錠前は錆《さ》びて動かず、そもそも牢の戸を開くことは、怨霊の障《さわ》りを考えれば危険すぎてできなかった。

るいは記憶をたどった。ぽつりとした灯りというのは、瓦灯のことだろう。格子のそばに座っていたのは、八枝があらわれる前のことだ。

(ちょうど、冬吾様の助けを待っていた時だわ)

ところが当の冬吾があの場にいたのだ。でも声など聞こえなかったし、その姿すら見えなかった。あの場には、るいと作蔵しかいなかった。

(結局のところ、あたしは一体どこにいたんだろ。一瞬だけでも本当に牢の中にいたのかしら)

八枝とるいが繋がり、相手の場に引っぱり込まれるということの『不思議』を、るいはしみじみと思う。

「怨霊の力って、すごいんですねぇ」

「感心することか」冬吾は呆れた口ぶりで言った。「だからおまえは大雑把なんだ。怖い思いをしたのだろうが」

しましたともと、るいはこくこくと首を上下させる。

「あんな蛇だか鰻だか蛭《ひる》だかわからないみたいな女に摑みかかられて、そりゃもう、心の臓が止まるかと思いましたよ。おまけに怪力だし。死者の霊を見て、あんなに怖いと思ったのは、うんと子供の頃に首のない侍の幽霊に刀を持って追いかけられて以来です。さすがにその時は、夜に熱がでておっ母さんを心配させました」

「……まあ、無事でよかったな」

他に言いようが思いつかないような冬吾の口ぶりである。侍の時も今回も、とつけ加えた。

「ともかくそれで、一刻を争う事態だとわかった。おまえの身が危ないのだと。だから急いで戻ってきた」

一散に駆け戻ってきてくれたんだ、どこにあるかわからないけどきっと遠くの屋敷から、あたしのために……と、るいは胸が熱くなった。

実際には、途中で水路を使い舟に乗った――移動手段としては、そのほうがよほど速い――ので冬吾とて走りっぱなしだったわけではなく、周音に至っては走るのが嫌さに駕籠《かご》まで雇っていたのだが。

「あの場で先に屋敷ごと怨霊を封印してしまえば、手っ取り早く話はすんだとは思わないのか」

周音が冷ややかに言い、負けじと冬吾は険のある目を彼に向けた。

「忘れたか。前の時も、八枝が私のもとにあらわれたのは、先代が屋敷を封印した後のことだ。あの時と同じように、八枝がここと繋がる条件は揃ってしまった。あそこでおまえの言うとおりにしたところで、解決したとは思えん」

「さすがに八枝のことはよくわかっているようだ」

「なんだと」

兄弟は睨み合ってから、互いにぷいと視線を逸《そ》らせた。

「おコウが姿をあらわした時点で、気をつけろと忠告してやったというのに。さっさと手を打たなかったから、こういうことになる」

「ああ、わざわざ波田屋の主宰する不思議語りの会に顔を出して昔話を披露するという、回りくどいうえに陰険なやり方でな」

「何かと甘いおまえのことだ、八枝を封印することすら躊躇《ためら》って、これ幸いと放り出して屋敷から逃げだしたんじゃないのか」

「生憎《あいにく》、おまえと違って三度の飯より霊を祓うのが好きという体質ではないのでな。それほど不満なら、おまえ一人であの場に残ればよかっただろう。私を追いかけて来ずとも」

「誰の尻ぬぐいをしてやっていると思っている」

「頼んだおぼえはない」

目もあわせないままで険悪な応酬をつづける二人を眺めて、なんだかすごいわとるいは呆れた。

冬吾が猿江町に滞在していたこの四日間、もしかすると両者はずうっとこんな遣《や》り取《と》りをしていたのだろうか。根気のあることだと、むしろ感心する。

「いい加減にしな」

ナツがぴしりと割り込んだ。

「まったく面倒くさい兄弟だね。つまらないことで時間を無駄にしている暇があったら、もっと他に話し合うことはあるだろう」

叱りつけるように言われて、正論なだけにむっとしたらしく、周音は矛先をナツに向けた。

「これは私とこの男の問題だ」

「偉そうにお言いでないよ。傍《はた》で見てればバカバカしい掛け合いだ。あんたら、本当は仲がいいんじゃないのかい？」

「馬鹿な」

「どうやったらそう見える」

冬吾と周音の声が重なった。

「周音」と、ナツはため息をつくように声音を変えた。「冬吾はるいを助けようとしたんだ。あたしが言うことじゃないが、今日のところは封印しても何も解決しなかったってのは本当のことだろうし、あたしにゃ、あんたがそういうことも全部わかっていながら言っているように聞こえるよ」

そういうのを意地悪というんだとナツが言うと、周音は一瞬、表情を強張《こわば》らせた。

「化け猫が説教か」

「ただの差し出口さ」

「言いようが気にくわん。まるで——」

周音はあとの言葉を飲み込むと、口を閉ざした。

ふんと鼻を鳴らして、立ち上がると冬吾をじろりと一瞥した。

「一から仕切り直しだ。腹を括ったら、もう一度来い。——私はこれで帰る。今さらおまえと話し合うことなどないからな」

「周音」

しかし周音が草履を履き、立ち去ろうとしたところで、冬吾が呼び止めた。

「たとえ今回、八枝を屋敷ごと封印することに成功しても、それは一時しのぎにすぎん。いずれ封印の力が消えれば、また同じことが起こる。この先ずっと繰り返していくつもりか」

「ならばどうする。晴れぬ怨みのために怨霊となった相手に、その怨みを忘れろと説得するのか。おまえにそれができるか？」

返る声は冷たかった。

「先々の心配をするよりも、今、どうするべきかを考えろ。この期《ご》に及んでもまだ迷う、おまえのその甘さと不甲斐なさが、過去にどんな事態を引き起こしたか。今一度よく思い返してみることだ」

おまえのそういうところが心底嫌いなんだと吐き捨てると、周音はもう振り返らず、出ていった。

「……言われるまでもない」

冬吾が宙を睨んで呟く。

それをちらと見てから、ナツは戸口に目をやった。

「あの男、何を言いかけたのかねえ」

ちょいと首をかしげて見せたので、るいもつられて首をかしげてしまった。

「え、何のことですか」

「まるで、の後さ。あたしの言いようが何だって？」

そういえばと、るいは冬吾を見る。

「知るものか、あいつの考えることなど……」

不機嫌に唸ってから、冬吾はふと思案顔になった。

「いや……。思い出した。おそらく、母だ」

母親、とナツはさすがに怪訝そうだ。

「子供の頃、私はよく周音に苛《いじ》められた。私が泣いていると母がきて、なぜそんな意地悪をするのかと、周音に……叱るというのではなかったと思う。自分より年下の者には優しくしなければいけない、ましてやおまえは兄なのだから弟を守ってやらねばならないのだと、度々、そう言い聞かせていた」

「ああ、なるほど」

何かを得心したように、ナツはうなずいた。ふたたび戸口のほうに目をやって、小さく笑んだ。

「なんだかんだ言ってあの男、まだあんたにつきあうつもりらしいね」

その時、ああおっかねえおっかねえという声がして、作蔵が座敷の壁から顔をつきだした。

「やっと帰ったかよ。俺ぁ、あの神主は苦手だぜ」

「私も子供の時に、おまえと同じ目にあっている。八枝に憑かれた時だ。——同じようにあの座敷牢の中に引っぱり込まれた」

先に作蔵からあらかた聞いていたはずだが、冬吾はるいにもう一度、その身に起こった一部始終を話すように言った。そうしてすべて聞き終えると、腕を組んで目を閉じ、しばし考え込んでからまずそう切り出したのだ。

「冬吾様も、あそこに？」

「真っ暗な牢の中で八枝に追われ、最後はあの女に取り込まれてしまった。あの時の私には、逃げ場などなかった」

るいは身震いした。あたしはそばにお父っつぁんがいてくれたけど、冬吾様は一人だったんだ。ましてや十にもならない子供の時だ。どんなにか怖かっただろう。

とうに日は暮れて、外は暗い。座敷には行灯の明かりがあるが、今晩ばかりはその火の色も何とも心許《こころもと》ない気がした。

「あんたが見た時も八枝は、蛇か鰻か知らないけどそういうくねくねした姿だったのかい？」

ナツが訊くと、冬吾は首を振り、自分が見た時にはまだ人の姿をしていたと言った。

「そうすると、その後の年月の分、人の心をなくしちまっているのかもしれないね。このままならいずれ人の姿を保てなくなって、すっかり化け物になっちまうだろうよ」

そうなったらもう手はない。どうにかするなら、まだ聞く耳のある今のうちだねと、ナツはため息をつく。

「なあ、おい」

と、その時、壁の中から作蔵が我慢しきれないように声をあげた。

「ああ、じれってぇ。俺ぁもう、気になってしょうがねえ。途中で出てきたあの婆さんだが、ありゃ一体何者なんだ？」

「あんたね、物事には順序ってもんがあるだろ」ナツは呆れてみせてから、るいに目を向けた。

「あんたが見たのは、確かに年老いた女だったのかい？」

「はい。姿はちらとしか見えませんでしたけど、小柄で白髪のお婆さんでした」

髷はきっちりしていたし、足袋を履いた足音だったから、身なりはきちんとした人だったと、るいは思い返す。

「ここは自分の家だと言ったんだね」

「はい」

「戸が開いたみたいだったと言うけど、どの辺りかわかるかねえ」

「ええと……」

真っ暗だったから定かではないが、あの時は壁を背にしていて、二階への階段が見えたのがそっちでと、るいは指先で方向を確認する。そうすると、戸口みたいな光が見えたのは。

「あっち……って、あら、勝手口だわ」

おのれで指差した先に店の勝手口があるのを見て、るいは目を丸くした。

なんだかまるで、ちょっと店を空けていて、ひょいと勝手口から戻ってみれば、子供がしょうもない悪戯《いたずら》をやらかしているのを見つけて窘《たしな》めたような——そういえば、老女の物言いもそんな感じだった、とるいは思った。

(あれ、でもそうしたら、自分の家って……)

「間違いないね」

ナツが苦笑して、冬吾に声をかけた。その冬吾はといえば、なんともいえない複雑な表情である。目鬘《めかずら》のような眼鏡とぼさぼさの長い髪のせいで、普段から傍目に表情の読めぬ男であるが、今は逆に様々な感情が入り混じりすぎて、どういう表情なのかやっぱりわからない。

「死ぬまであんたの世話を焼いていたけど、死んでからもよほど心配だとみえる」

るいははっとした。それって、もしかしたら……。

だからそりゃ誰なんだと、作蔵が焦《じ》れる。

「――キヨだ」

冬吾は唸るように、九十九字屋の先代の名を口にした。

すでに鬼籍に入った冬吾の養母だと聞いて、作蔵はぽかんとした。

「そりゃあ、また。おめえさんの育ての親の婆さんが、あの世からやって来て、るいが危ねえところを助けてくれたってのか」

「まあ、キヨならね。その気になりゃ、あちらとこちらの行き来くらい、やってのけるかもしれない」

苦笑をただの微笑に変えて、ナツはうなずく。

「あんたも懐かしいだろう」

「私が直接会ったわけではないのでな」

会ったところでこの歳になってまで子供扱いされてたまるかと、相変わらず複雑な顔の冬吾だ。

そうか、あの人がキヨさんだったのか。るいはじんわりと胸が温かくなった。九十九字屋に引き取った冬吾様のことを、自分の子か孫のように可愛がっていたと、ナツから聞いたおぼえがある。――うん、きっと本当に今でも冬吾様のことを心配していて、それであたしのことも助けてくれたんだろう。冬吾様もあんな顔をしているけれど、内心では嬉しいにきまってる。

なるほどなと、作蔵は感心したようにしきりに首を振っている。

「あの化け物みてぇな女を黙らせるたぁ、てぇした婆さんだと思ったが。この店の先の店主とはな。なるほど、合点がいったぜ」

「わからないのは」ナツは真顔に戻って言った。「なんだってキヨがあらわれたかってことさ」

へ、と作蔵は間の抜けた声を出した。

「だからあの八枝って女を追っ払うためだろうが。そこの店主を心配してって、おめえが言ったばかりじゃねえか」

それもあるけどそればかりじゃないよと、ナツはかたちの良い眉を寄せた。

「誰かの言伝《ことづて》があるって、キヨはそう言ったんだろ？」

言葉を向けられて、るいは慌ててうなずいた。

「はい。八枝と約束をしたとか、それを忘れてはいないとか」

ちょうど逃げるところだったので、言伝の内容までは聞くことはできなかった。

「八枝はあんたに、自分の子を返せと言ったんだね？」

「そうです」

――子供を。

――私の、あの子を。

返せと叫んだ時の鬼のような八枝の形相を思い出し、キヨがあらわれなかったらどうなっていたかと、今さらるいはぞっとした。

それで、とナツは冬吾を見た。

「あんたの考えはどうなんだい、冬吾」

店主は腕を組んだまま、睨みすえるように空の一点を見つめていたが、

「高井屋の妾《めかけ》であった八枝は当時身籠もっていて、座敷牢の中で子を産んだ。しかし、死産だったはずだ」

呟くように言う。

でもキヨさんはと、るいはとっさに声をあげた。

「ああ。子供はあちら側、つまり彼岸にはいない。生きている、と」

るいの言葉を引き取って、冬吾は低く唸った。

「そういうことか」

三人の目が、彼に注がれる。

「八枝は自分の子を取り上げられた。おそらく産んですぐにだ。それが表向きは、死産ということにされて、伝わっていたのだと思う」

八枝は我が子を失った。自分を非道な目にあわせた者たちによって、さらに奪われたのだ。

「八枝があのような怨霊となったのは、おのれを座敷牢に閉じこめた者への怨みのためだけではない。——失った子供への執着もあったんだ」

むしろ、子への執着のほうが強かったのだろう。

八枝はあの暗い牢の中で、我が子を求めて少しずつ狂っていったのではないか。みずからの手で命を絶ち、死んだ後もその狂気と悲憤は残った。

だから当事者である高井屋の人間が死に絶えても、祟りは終わらなかった。だから、その七年の後に無関係である三河屋までが巻き込まれた。祟りをおさめようとした辰巳神社の神職の家にも禍《わざわい》が降りかかった。

そして、今も。八枝の怨念は九十九字屋に向けられている。

――おまえたちが取り上げた。私から奪ったものを、返せ。

八枝の呪詛《じゅそ》にも似た声を思い出し、

（ひどい）

るいは唇を嚙んだ。あんな暗い牢の中に人を閉じこめて、そのうえに、

（母親から子供を取り上げるなんて）

これまでも何度も思ったが、本当に酷い。どうしてそんな残酷なことができるんだろう。考えてみれば、るいが今日死ぬほど怖い目にあったのも、もとを正せば非道な高井屋のせいである。腹の底から怒りがこみあげてきて、るいは拳を握りしめた。

厄介《やっかい》だねと、ナツはいっそう眉根を寄せた。

「そうすると、八枝が自分の子供を取り戻さないかぎり、どうにもならないってことだ。牢から解き放ってやればいいって話じゃないね。ただでさえ、怨みをぶつける相手の見境がつかなくなっているってのにさ」

（あれ、でも）

るいは両の手を拳にしたまま、首をかしげた。

「でも、おコウは子供のことは何ひとつ言っていませんでしたよね。八枝を牢から出し

て欲しいって、それぱかりで。知ってたら少しくらいは言いそうなものだけど」

「知っていたのならな」と、冬吾。「おコウが下働きとして屋敷に連れてこられたのが八枝が子を産んだ後のことなら、子供については何も知らされていなかった可能性もある。あくまで推測だが」

「あ、なるほど」

「だったらよ、その子供を捜して会わせてやりゃいいじゃねえか。そうすりゃ、あの女だって納得して、成仏でもなんでもするんじゃねえか」

そんな簡単な話ならねと、ナツは作蔵に向かってやれやれと首を振った。

「その子は今、幾つだい？　八枝が死んだのは、もう三十年近くも昔のことだ。生まれてすぐ、どこに連れて行かれたかもわからないってのにさ。子供が生きているったって、江戸にいるのかどうかも知れやしないよ」

言われて、作蔵はうむむと考え込んだ。

「迷子の親を捜した時みてぇには、いかねえってことか」

昨年の年の瀬に九十九字屋で預かった、おちせのことを思い出したようだ。正確には迷子ではなく拐《かどわ》かしにあったのを作蔵が拾ったという経緯だが、なにせ二歳の幼子だったので、親の名前も住んでいるところもわからず、難儀したのだ。

あの時だってそりゃあ大変だったじゃないかとナツが言うと、それでもちゃんと親は見つかっただろうがと、作蔵も言い返す。

「だったらもう一度、母子石に願をかけてみるかい？　迷子というにゃ、薹《とう》が立ちすぎているけれど」

ナツは何の気なしに言ったようだが、聞いたとたんにるいの中でぴんと弾《はじ》けたものがあった。

（え、ちょっと待って）

母子石。お壱さん。

（あたし、さっき寝ている間に、夢を見ていた……）

その夢の光景を、まざまざと思いだしたのだ。

「あの」

口を開きかけて、だが、るいは寸の間躊躇《ためら》った。だって、本当にただの夢かもしれないじゃないか。しこたま怖い目にあったり吃驚《びっくり》したりで、そのついでに、現実にはありもしない光景を勝手に頭の中に描いてしまったのかもしれない。寝ている時の夢なんて、たいがいそんなものだ。

(子供の名前まで出てくるなんて、出来すぎだもの)

……そう。出来すぎだ。ただの夢にしては。

えい、ままよ、とるいは先をつづけた。

「あたし、さっき二階で寝ている時に、夢を見たんです」

「夢?」

冬吾は怪訝そうに顔をしかめたが、すぐに「どんな夢だ」と訊いた。

「それが、夢の中に母子石のお壱さんが出てきて――」

辰巳神社の境内にあるその石に、見知らぬ女性が手を合わせ、八枝が子供と会えるようにと祈っていた。石に貼られた紙には政という名前と、八歳という年齢が記されていたと聞いて、冬吾はすっと表情を引き締めた。

「へえ、おかしな夢だね。政というのが、子供の名前かい?」

ナツは口もとに指をあてて、首をかしげる。

あんたにお告げの力があるとは知らなかったよと笑い含みに言われて、るいはそんな大袈裟なものじゃありませんと、慌てた。

「一応言っておこうと思っただけで……本当のことかどうか」

「冗談だよ。でも八枝の子が八歳の時というと、ちょうど三河屋の禍があった年のことじゃないかね」

あながち出鱈目《でたらめ》な夢じゃなさそうだと、これは冬吾に向けた言葉だったが、返答はない。ナツはおやというように彼を一瞥してから、またるいに目をやった。

「どんな女だったんだい？　石を拝んでたってのは」

「それが、後ろ姿だったので、顔までは見えなかったんですけど……でも、派手ななりではなかったけれど、言葉遣いや仕草がなんというか、品があって落ち着いた感じの人だったような」

年齢は、今のナツの見た目よりも少し上くらいだろうか。

自分の夢なのに、そういうところがちゃんとわからないというのもおかしなものねとるいは思う。

心当たりはあるかと作蔵が訊くと、「ないよ」とナツはあっさりと言った。

「でもさ、もしかするとその女が言伝の主なんじゃないかね」

「キヨさんが言っていた？」

るいは考えこむ。なるほど、八枝の子供という一点で——繋がっては、いるか。

——あの人はあんたとした約束を忘れちゃいなかった。

——ずいぶん遅くなって、すまないと。

「だけど、どうしてそんな人があたしの夢に出てきたのかしら」

「さてね」と、ナツは首を振る。「まあ、どれもこれも確かな証《あかし》があるわけじゃないから。ああかもしれない、こうかもしれないと、当てずっぽうを言っているだけさ」

その時、いきなり冬吾が立ち上がったので、るいは驚いて彼を見た。

「今日はここまででいい。おまえはもう筧屋へ戻れ」

きっぱりと言われて、るいはさらに目を瞠る。

「でも」

「このまま夜が更けるまで話し込んでいるわけにもいかんだろう。ナツ、この娘を筧屋へ送っていけ。今晩はあちらに泊まって、るいのそばから離れるな」

「あいよ。万が一ってこともあるからね」

それにしてもと、ナツはしげしげと店主を見やった。

「どうしたってんだい。あんた、ずいぶんと顔色が悪いじゃないか」

言われてみれば、行灯の薄暗い明かりでもそうとわかるほど、冬吾の顔は青ざめて見えた。

「今日はいろいろあって疲れただけだ。私はもう休む」

にべもなく言って、冬吾は踵を返した。二階への階段を上がっていく彼を見送って、

「なんでぇ、ありゃ」

作蔵が首を捻《ひね》っている。

「疲れたって言うのなら、そうなんだろ。あの男にしちゃ珍しく、一日動き回ってたんだから」

ナツは指先で髪を梳《す》くような艶な仕草をしてから、からりとした声で言った。おや言いそびれてしまったねと、つけ加える。

「何をですか」

「枕屏風のことさ。さっき二階にあったたってこと」

ああ、とるいは思った。考えることが多すぎて、るい自身も忘れていたのだ。

「当てずっぽうついでにもうひとつ、あの枕屏風ももしかしたら、今度の件に係わりがあるのかもしれないよ」

「あの屏風は、八枝と関係があるってことですか？」

「そうとまでは言わないさ。でも、直接の関係がなくても、こうも度々蔵から出てくるところを見ると、何かあるんじゃないかと思うのさ。間がよすぎるからね。……案外、あんたの夢だって、あの屏風が見せたものかもしれないねえ」

「ええ？」

まさかそんなとぐるぐるしはじめた頭を抱えたとたん、るいの腹の虫がぐうと鳴った。そういえば、昼餉《ひるげ》を終えてから、何も口にしていない。それどころか、いつもの夕餉の時間すら過ぎてしまっていた。

「おやまあ」ナツは微笑んだ。「どんな目にあおうと、そうやって腹がへるうちは大丈夫だ。戸締まりをして、あたしらも引きあげよう。早くしないと、筧屋のほうも片付かなくて困るだろうからね」

こんな日は寝酒の一杯くらい飲みてぇもんだなどとぶつくさ言う作蔵を蔵の壁に追い立て、店の戸を閉めて外に出たところで、るいはふぅとため息をついた。

「……冬吾様は大丈夫かしら」

「心配なら、後で握り飯でも差し入れにくればいいさ」

「いえ、食事のことじゃなくて」

そりゃまあ冬吾が夕食を食べないのも心配だが、彼の様子がなんだかいつもと違っていたのが、るいは気がかりだった。冬吾の顔色が変わったのは、るいが夢の話をはじめたあたりからだ。

「放っておきなよ」

隣から返る声は、猫が喉を鳴らすように柔らかかった。

「今夜のところは、あたしらが考えてわかることはもう何もないよ。あんたがすべきことは、ちゃんと食べて寝て、明日を迎えることだ」

「……はい」

もうひとつため息をついてから、るいは背筋をしゃんと伸ばした。

「わかりました。あたし、ご飯をお腹いっぱい食べて、今夜はぐっすり寝ることにします」

筧屋を目指して歩きながら、うん、とるいは大きくうなずく。そのついでに、今日みたいな目にあっても子供の頃みたいに熱を出さずにすむようになったのだから、あたしも成長したものねと、自分で自分を褒めてやった。

四

翌朝。

「お早うございます、冬吾様」

るいが店の戸を開けていると、二階から冬吾が下りてきた。今朝も普段より起きてくるのが早い。きちんと寝ていないのではないかと心配になる。

「昨日はちゃんと眠れましたた？」

「一応はな。それより、あの握り飯は何だ」

見るからにむっつりと不機嫌な店主の様子に、るいは首をかしげた。

昨夜、夕食の後に筧屋の女将《おかみ》に頼んで残った飯をわけてもらい、冬吾に差し入れるための握り飯をこさえた。竹の皮に包んで、ナツに店に届けてもらったのだ。

「もしや塩が足りなかったとか、逆にしょっぱすぎたとか」

「味ではない。量のことだ。……でかい握り飯を一度に山ほど食わされる身にもなってみろ。腹が割《さ》けて死ぬかと思った。おかげで朝飯も食う気にもならん」

「山ほどだなんて。六個です」

まあちょっと、作りすぎたかなとは思ったけど。

「えっ、全部食べたんですか？」

「食ったから言っているんだ」

よかった、とるいは思った。そんなに食べられるなら、冬吾は元気だ。

(顔色ももとに戻っているし。この嫌味っぽい文句の言い方も、いつもどおりだわ)

「何をニヤニヤしている」

「いえ別に、何でもありません」

るいはうきうきと箒《ほうき》を手にして、店先の掃除をはじめた。

「……まさかあれを、全部たいらげるとはねぇ」

冬吾が振り返ると、いつの間にかナツが階段に腰かけて、くっくっと袖で口もとを隠すようにして笑っていた。

「あの娘が、あんたのことを心配してこさえた握り飯だもの。そりゃ、残すわけにはいかないよね」

冬吾は腹をさすりながら、ナツを睨んだ。

「面白がっているな」

「そうだよ」

冬吾はふんと鼻を鳴らすと、「おい」と店先に声をかけた。

「掃除はいい。話がある。——ナツ、作蔵を呼んでこい」


「八枝の子の名は政で間違いない。息子だ。八枝自身は子供が生きているのか死んでしまったのか、わかっていなかった。だが生き死にには関係ない、どちらにしたって会いたいと願っていただろう。——けれども、会うことはできなかった」

我が子に一目会いたいと、今もなお狂気と化した執念で八枝は願っているのだと。

冬吾の前に膝を揃えて座っていたるい、上がり口に腰を下ろしているナツ、壁から顔をのぞかせていた作蔵の三人ともが、ぽかんと店主を見つめる。

「なぜそんなことがわかるのさ」と、ナツが訊く。

「思い出したからだ。昨夜、あれからよくよく考えて……やっと、思い出すことができた」

「何をだい？」

「私の母があの時、私を守るために八枝と対峙《たいじ》したあの時に、八枝に言っていた言葉をだ」

母親の音羽の話をする時、冬吾は淡々と素っ気ない口調になる。それはきっと、他人事《ひとごと》のようにしなければ、辛《つら》くて痛くて触れることができぬことだったからだろう。その辛いことに、昨夜一晩、冬吾は向きあった。ようやく、向きあうことができたのかもしれない。

「母は、怨霊を祓うための術を駆使していたわけではない。私を抱きしめて、私に憑いた八枝にただひたすら語りかけていた。――あなたの息子は、私がきっと見つけましょう。捜して、あなたに知らせましょう、と」

繰り返し、何度も何度も。

――だから私の子を取らないでください。この子を返してください。子を持つ親の想いは、誰よりあなたが一番よくわかるはず。

――きっと、必ず。あなたの子供のことは、私が必ず。だから待っていてください。

――約束します。

「約束……？　って、それじゃ」

るいはハッと目を瞠った。

冬吾はうなずく。

「キヨに言伝を頼んだのは、死んだ私の母だ。それだけではない、おまえの夢に出てきた女も、母に違いない」

るいは夢で見た光景を思い出す。八枝様がお子様ともう一度会うことが叶いますようにと、母子石に手をあわせていた女性。あの人が。

(冬吾様の、おっ母《か》さん?)

「前にナツが言ったな。母が私の身代わりになったと話した時だ。祟って人死にまでだした怨霊が、母の命ひとつで引き下がるものなのかと」

「言ったね」

「そんなことがあるわけがない。当然、父や佐々木の縁者の尽力があったから、八枝を退けることができたのだと私は考えていた。母は犠牲になったが、それ以上の死者がでる事態にはならなかったのだと。だが、本当にそうだったのか」

「違うってのかい?」

「むろん佐々木の家の者も何もしなかったわけではないだろう。だが、それ以上の禍とならなかったのは、おそらく――八枝が自分から、手を退《ひ》いたからではないかと思う」

るいは言葉が見つからず、作蔵はしきりに首を捻っている。ナツだけが落ち着き払って、へえというように少し身を乗りだした。

「なんだってそんなことがわかるのさ」

「そもそも父が八枝と係わることとなった、三河屋の件。主人の吉太郎をはじめお内儀《かみ》の伊代《いよ》、跡取りの息子や店の奉公人たちまでが命を落とした。だがその悲劇の渦中にあって、祟りをまぬがれた者がいる」

息子の妻とその子供、つまり当時まだ乳飲《ちの》み子だった吉太郎の孫だという。

「それは運がよかったね」

「誰もがそう思ったろうな。ただ、運がよかったと。だからその二人が生きていることについては、三河屋の一件においてこれまでたいして重要なこととは思われていなかった」

だが、と冬吾はつづける。

「なぜその二人だけが助かったか。祟りに巻き込まれなかったか。八枝は、殺そうと思えば殺せたはずだ」

「殺そうとは思わなかったんだね」とナツ。

そりゃあなと、作蔵が渋い顔をする。

「乳飲み子の命まで取るってなぁ、あの女だってそりゃ、後生《ごしょう》が悪《わり》ぃだろうよ」

とっくに後生が悪いから怨霊なんじゃないかしらと思いながらも、そうよねとるいはうなずいた。いくら八枝でも、赤ん坊までは殺したくなかったんじゃないかしら。

(でも)

なんだろう、もう一押し何かあるような気がする。赤ん坊はそれで助かったとして、もう一人はその母親——。

あっとるいは声をあげた。

「母親と子供……」

冬吾はうなずいた。そうだと、低く呟く。

「母親と子供だ。それが八枝の弱味だったんだ。だから三河屋の嫁とその子供は、祟りをまぬがれた」

おのれが我が子を求めるゆえに、その狂気のような怨恨の根底にあるものが母親が子へ向ける情であったがゆえに、八枝はその二人には手出しができなかったのか。

「じゃあ、あんたが助かったのも」

「母が身を挺して私を守ろうとしたからだろう」

胸がきゅうきゅうと締めつけられる気がして、るいは大きな息をついた。

——子を持つ親の想いは、誰よりあなたが一番よくわかるはず。

それぞれに我が子を想う二人の母親が、そこにはいたのだ。

「あんたの母親は、八枝が自分の子を捜していることに気づいていたってことか」

「私を通じて、そういうことも知ったのだろうな。私自身は、その時の母の言葉すら覚えてはいなかったが」

「だけど、おかしな話じゃないか」

ナツは眉を顰《ひそ》めた。

「八枝が自分から引き下がったってのなら、どうしてあんたの母親は死ぬ羽目になったのさ」

もし八枝がみずから退いたのが本当であるなら、それからひと月も経たないうちに音羽が亡くなったというのは——確かに、辻褄《つじつま》のあわないことだ。

「そのことについては、私も考えてみた」

「それで？」

「見当がつかん」

その場にいた、冬吾をのぞく全員がつめていた息をはぁと吐いた。

まだ見落としていることがあるようだと、冬吾は言う。

「佐々木の家に当時の記録が残っている。それを調べれば、何かわかるかもしれない」

「前にも目を通してたんじゃないのかい」

「子供の頃に一度、この数日猿江町に滞在している間は封印の手段を知るために何度か、読み返した。だがそれは、高井屋と三河屋に関する事項だけだ。私自身に降りかかった出来事については――」

読んでいないと、冬吾は言った。知りたくなかったのか、知ることが怖かったのか。だとしても、仕方のないことだ。

「いっそ周音にも訊いてみりゃいいじゃないか。何か知っているかもしれないよ」

「当時はあの男も、私と大差ない子供だった。さほど物がわかっていたとも思えん」

「幾つ上だっけ」

「三年だ」

「だったらその時は十二だ。あんたよりもわかっていたことだって、あるだろうよ」

言い返そうとした冬吾を、子供をあしらうように手を振って止めて、ナツはニッと口の端を引いた。

「あんたの母親のことだ。知らなきゃいけないんだろ？」

冬吾は苦虫を嚙み潰《つぶ》したような顔で一寸《ちょっと》黙ってから、立ち上がった。

「猿江町へ行ってくる」

むっつり言ってから、るいに顎をしゃくった。

「ついて来い」

少しばかりハラハラしながら冬吾とナツの遣り取りを見ていたるいは、きょとんと自分の顔を指差した。

「え、あたしも？　辰巳神社へ、冬吾様と一緒に行くんですか？」

「私がいない間に、昨日のようなことがあっては困る」

ものすごく嫌そうな口ぶりで、奉公人の身を案じる店主であった。

五

佐々木の家は、辰巳神社の敷地の裏にあった。神職の住まいだけあって、古いが構えのしっかりした広い家である。

冬吾にとっては勝手知ったる生家であるから、取り次ぎも案内もなしにずかずかと中へ入っていった。

「おまえはここで待っていろ」

るいが連れていかれたのは奥の一室で、聞けば子供の頃に冬吾が使っていた座敷だという。

「時間がかかるかもしれないから、用があったら家の者に言え。話は通しておく」

言って冬吾はさっさと部屋を出ていき、るいはぽつんと取り残された。

(冬吾様がキヨさんの養子になったのは、十一の時だっけ。それまで、ここにいたのね)

座敷の真ん中に座ったまま、るいは感慨深くあちこちを見回した。ほどなくこの家の女中らしき四十絡みの女が茶と菓子を持ってきたところをみると、一応、来客の扱いではあるらしい。女はこれといって何も言わなかったが、愛想のよい笑みをるいに向けて、出ていった。

さて、出された菓子を食べて茶を飲んでしまうと、もうすることがない。ただ待っているというのも、退屈なものである。

「お父っつぁん」

呼んでみたが、作蔵は姿を見せなかった。ここには周音がいるので、きっと懐かない猫みたいに隠れているのだろう。家の外のどこかの壁にでもいるのかもしれない。

（いっそ、掃除でもしていようかしら）

半分くらい本気でそう思ったが、さすがに他人の家を勝手に掃除するわけにはいかない。それに、見たところでは座敷はさっぱりと片付いていて、埃《ほこり》を払う必要もなさそうだ。

それから半刻ばかりは我慢しておとなしく座っていたるいだが、ついに辛抱の糸が切れて立ち上がった。

（せっかく来たのだから、お壱さんに挨拶をしてこよう）

家の中にいようが外の境内にいようが、どうせたいした違いはないわと、るいは部屋をあとにした。


一方の冬吾である。

真っ先に向かったのは、佐々木家の書庫だ。壁に沿って何段も巡らされた棚には、古い書物や方術書に混じって、歴代の神主たちが対処してきた様々な事例の記録が大量に保管されていた。

すでに見慣れた先代の記録書の一冊を手に取り、目を通していると、入り口から尖《とが》った声がかかった。

「いきなりやって来て、挨拶もなしか。こちらに顔を出したということは、屋敷を封印する覚悟はできたということだろうな」

「封印はしない」

冬吾は周音を振り返ることもせずに、言った。

「八枝を封じれば、事態は悪化するだけだ。鎮《しず》めるために、別の方法を試みる」

「何だと」

馬鹿なと、周音はきりりと眉を吊り上げた。

「鎮める？　あれは封じるのでなければ、消し去るしかない怨霊だ。失敗すればまた人死にが出るかもしれないのだぞ。昨日のようなことがあったというのに、懲りもせずにまだそのようなことを言っているのか」

「話は後にしてくれ」

素っ気なく応じて、冬吾は手元の書を閉じた。

「八枝の件についての記録は、ここにあるものだけか？」

書庫の入り口で足を止めたまま、今さら何をと周音は眉を顰《ひそ》めた。

「他に何が必要だと？　前に八枝を封印した時の作法も手順も、先代がすべてそこに書き記している。今回もそれに倣って準備をしただろうが」

「知りたいのは母のことだ」

ようやく振り返った冬吾を、周音は束の間、凝視した。

「そこに書いてあるとおりだ」

「おコウがあらわれて私に八枝が憑いた。祓うための処置が幾つかなされているが、どれも効果はなかった。父は凶暴になった私を納戸に閉じこめ、怨霊ごと外に出さないように呪符で戸を封鎖した」

冬吾が死にかけたのは本当で、もともとひ弱だった子供の身体で凄まじい怨念を抱いた霊に憑かれれば体力が保たず、そのうえ激しく暴れ狂うためにおのれの身を傷つけるおそれさえあった。先代が彼を納戸に入れたのは、やむにやまれぬ措置であったのだ。

「その後、母が私とともに納戸に籠もって八枝と対峙し、除霊したと記されている。だが、その時の詳細が書かれていない。母の死因についても触れられていないというのは、どういうことだ？」

冬吾にしてみれば、ようやく過去と向きあう決意をして、これまで読むことを避けていた記録の箇所に目を通したのだ。ところが、予想に反してそこに残された情報は少なかった。単純に、当時の出来事を箇条書きにしてあるに過ぎず、音羽が息子の代わりに死亡した事実すら、記されてはいない。冬吾が肩すかしを食らった気分で「どういうことか」と困惑したのも、当然だ。

「呆れたな。本当にそれを全部は読んでいなかったのか」

詰め寄った冬吾に、周音は冷ややかに言った。

「実際には、母がおこなったのは除霊ですらない。術ではなく、八枝との対話だ。しかも母親が子を守ろうとしてとった行動とあっては、対処法としての役には立たん」

本来、この書庫にある記録書は、佐々木家の当主が取り扱った事例とその対処の術を後世に伝えるためのものであり、つまりは指南書である。音羽が術を用いて怨霊を祓い落としたのでない以上、記すべきことはないというのだ。

「しかし、母が死んだことについては」

冬吾が言い募ると、周音は険のある目で彼を見た。

「……それすら知らなかったのか。今の今まで」

「なに？」

「母の死に八枝は直接には係わっていない。むろん、八枝のことがなければ、もっと長く生きられただろうがな。――母の死因は、病死だ」

「病死……？」

冬吾は呆然として繰り返した。

「何の病だ」

「もともと心の臓が悪かった。時折、床に臥《ふ》せっていた。それすら、おまえはわかっていなかったようだが」

馬鹿な、と冬吾は呻く。

「父はそんなことは一言も言っていなかったぞ」

「言われなくとも、普通は気づくものだ。だがおまえは、あやかしは見えていても、周囲の人間のことは見えていなかった。見ようともしていなかった。おまけに身体が弱く、始終、熱を出しては寝込んでいた。おのれのことばかりで、母の不調には気づかなかったのだろう」

母はいつもおまえを案じていた、と周音は言う。その身体の弱さは、自分の体質を受け継いだせいではないかと。熱にうなされる冬吾の枕元で、自分のせいだとおのれを責める母の言葉を、何度も聞いたと。

「父や私が、どれほど母の体調を気遣い労《いたわ》っていたか、おまえは知るまい。その母が、自分のことよりもおまえの身体を心配して、おまえが寝つくたびに夜中であろうと起きて薬を煎じていたことなど、おぼえてもいないのだろうな」

冬吾は言葉を失ったまま、記憶をさぐった。思い出すのは、何日も寝込んだ時の熱っぽいだるさと苦しさ、床を出て動くことのできないもどかしさばかりだ。

物心つく前から、冬吾の目に映っていたのはいつも、あやかしと呼ばれるモノたちの異形なる姿や影であった。それらは生きている人間の数よりもずっと多かった。それらの発する声や音が賑やかで、人の声はきちんと耳に届かなかった。

それを当たり前と思っていたから、煩《わずら》わしいとも感じなかった。――むしろ魅了されていた。あやかしたちの奇天烈《きてれつ》さ、歪んだ滑稽さ、美しさ醜さ、悲しさに。その背後に透かし見える、おどろの闇に。

「おまえは、あやかしと見れば不用意に自分から近づいていった。まるで赤子が、色鮮やかな毒虫や毒花に無頓着に手を伸ばすようにだ。あげくに毒気にあてられ生気を吸われて、命を落としかけたこともあった。……だから」

だから。

なぜ目の前にいるこの男が、兄が、あやかしを受け入れることをせず、それどころか拒絶して消し去ろうとするのか。あやかしたちの声に、耳を傾けようともしなかったのか。

子供の頃、冬吾にはまったく理解できなかった。周音がまとう針のように尖った空気も、あやかしに向ける敵意も。冬吾に対する冷たい言葉と、怒りや苛立《いらだ》ちの表情も。

よく苛められたものだ。突き飛ばされたり、菓子を取り上げられたりといったことにはじまって、仲良くしていたあやかしを目の前で消されて泣いたことは度々あった。嫌いだった。嫌われていると思ったから、なおさら。

「……原因は、私か。おまえがあやかしに対して、見境がないのは」

「言っておくが、おまえのためにやったことではない。母が嘆くのを見たくはなかったからだ」

それでも、十分に意外な理由だ。

「母の死によって、私はいっそう確信した。あやかしなどというものに、いかなる斟《しん》酌《しゃく》も必要はない。害があろうがなかろうが、存在する必要のないものたちだ。よほど人間にとって役に立つというのであれば、考えてやらぬでもないがな」

人ならざるものへの敵意は、すでにこの男の習い性となっている。

冬吾は手にしたままだった書に、視線を落とした。周音にも訊いてみろとナツは言ったが、こうして話をしてわかったことは、何から何まで自分が引き起こした事態だったということだ。

「先代が母の死についておまえに何も告げなかったのは、それが病死であろうと、結局はおまえを責めることになったからだろう。母が死んでから養子に出るまでの二年間、おまえは半病人のような有様で部屋に籠もっていた。そのおまえに何か言ったところで詮なきことだ」

確かにその間、冬吾は身体も心もがたがたになっていた。おコウを可哀想だと思っただけなのに、自分はどこで何を間違えたのか。その時は、いくら考えてもわからなかった。あやかしと触れあうことが怖くなって、外に出ることもせずにぼうっと日々を送っていた。

事件の詳細を知ったのは、九十九字屋にもらわれていくことが決まった後だ。父の目を盗んでこの書庫で、手にしているこの記録を読んだ。

自分が何をしてしまったのかを知らぬまま佐々木の家を出ることはできないと、子供心にも思い決めていたはずだ。なのに、おのれが八枝に憑かれたくだりになるとどうしても、どうしても、読み進めることができなくなった。身体が強張って冷や汗がでて、ひどい目眩《めまい》に襲われた。

今回、八枝を封印するにあたって記録を読み返したが、同じことだった。さすがに冷や汗も目眩もなかったが、それでもまた指が止まった。情けない話だ。

「おまえには、さんざん詰《なじ》られたな」

周音から離れると、冬吾は記録書を棚に戻した。重い息をひとつ、ついた。

——おまえのせいだ。

音羽の死後、周音は彼を罵った。その怒気に満ちた声だけは、あれからどれだけ年を経ても耳に鮮やかによみがえって、消えることはない。

——おまえが怨霊を引き込んだからだ。おまえのために、母さんは死んだんだ。

「わかっている。たとえ病によるものだとしても、母の死の責は私にある。そこから逃げるつもりはない」

「けっこうなことだ」

寸の間押し黙ってから、周音は言った。

「それでもまだ、八枝を封印するつもりはないと？」

「ない」

冬吾が棚の書物を漁りはじめたのを見て、周音は眉を顰めた。

「何をしている」

「八枝が怨霊となった理由はふたつ。ひとつは言わずもがな、自分を座敷牢に閉じこめた者たちへの怨みだ。それは本来なら、非道をおこなった相手を祟り殺したことで清算されていなければならない。しかし実際には怨念は消えることなく、牢のあった屋敷にそのまま封印されてしまった。死んでなお八枝は閉じこめられることとなり、その結果、無関係な者にまで累《るい》が及んだ」

「もうひとつは」

「子供だ。八枝が牢の中で産んだ我が子への執着。——それこそが、当事者たちへの報復が終わっても、八枝の怨念がこの世に留《とど》まることになった理由だ」

棚にある書物を片端からひっくり返し、中身を検分しながら、冬吾はおのれの推察について語った。子を返せという八枝の叫び。キヨの言伝。るいが見た夢。祟りを免れた母子のこと。そして、冬吾自身が思い出した音羽の言葉。知り得たことのすべてを、周音に話した。

「母の死に八枝は直接には係わっていない。おまえがさっきそう言ったようにだ。病死だったのなら、もう明らかだ。あの時、八枝には私や母の命を奪う意思はなかった」

「それが」

何だと、周音は相変わらず眉を顰めたままだ。

「死産と伝えられていたが、八枝の子供は生きている。その子の消息がわかれば、八枝を鎮《しず》める手だてはある」

「子供と言っても、我々とさほどかわらぬ年齢だ。この世のどこかにいるとしても、今さら見つけられるわけがなかろう」

「だから訊いたんだ。あの件について記したものが他にないのかと」

冬吾は苛立たしげに、書物の山を睨んだ。

「母が八枝の息子を捜すつもりでいたことは、先代も知っていたはずだ。母がどうやって怨霊を追い払ったか、当然、問い糾《ただ》したのだろうからな。記録には残さずとも、何か別に書き残すくらいのことはして然るべきだろう」

封印することが最善の手でないことは、先代である父もわかっていたはずだと、冬吾は言い募る。気づいていたはずだ、人が一代のうちに施した術など、いつか必ず効力を失う。あるいは破られる。

「そんなものはここにはない」

周音の口調はきっぱりとしたものだった。

「確かか」

「この書庫に保管してある記録や方術書の数と内容は、一通り把握している。どこに何を、どう分類して置いてあるかもだ」

　まさかと、冬吾は書庫の棚を見回した。

「この冊数を、すべてか？」

「おまえと違って、私は幼少の頃から遊ぶ暇もないほど先代に厳しく躾《しつ》けられ、跡継ぎとしての教育を受けた。母に甘やかされていただけのおまえとは違ってな。当主が自分の家の書庫にどんな本があるのかを知らぬのでは、話にならん」

　棘《とげ》のある言い方でなければ、素直に感嘆するところだ。冬吾自身は、父親とあまり言葉を交わした記憶がなかった。

　冬吾はため息をついて、その時手に取ろうとしていた本を棚に戻した。

「先代は、本当におまえに何も言っていなかったのか」

「八枝の子供のことをか？」

「そうだ」

　ないなと周音はにべもなく言った。

「私が先代から聞かされていたのは、封印が解けた時にはふたたび八枝を封じろということだけだ」

「母の言葉を信じてはいなかったということか」

「先代が信じなかったのは、八枝の言葉だ」

その時点で子供の生き死には定かではなかったし、八枝の子が死産であったことを先代は疑わなかったのかもしれない。いずれにせよ、佐々木家の当主という立場にあって、怨霊の言葉をたやすく鵜呑《うの》みにすることはできないということだったのだろう。

「仮に子の消息が知れたとして、それで本当に八枝が鎮まるかどうかの確証もなかった。それは今回のことでも同じだ」

冬吾は唇を噛んで寸の間周音を見つめていたが、ふいに何か思いついたように棚に手を伸ばした。いったん戻してあった記録書を摑みだし、勢いよく紙をめくりはじめた。

今度は何だと、周音が顔をしかめる。

「産婆だ。——子が産まれるなら、いくらなんでも産婆くらい呼んだだろう。その産婆が、八枝の子の消息を知っている可能性はある」

「無駄だ」周音は彼から目を逸らせて、言った。「八枝の事件に関係した者の名前は、その記録に書かれているとおりだ。おまえもすでに目を通しているだろう。産婆の名はそこには記されていない」

それでも誰かが知っているはずだと、冬吾は唸った。

「祟りを生き残った者の中には、屋敷で下働きをしていた者もいる。八枝の子が産まれた時のことをおぼえていれば、産婆のことを聞き出せるかもしれん」

「当時の者たちを今頃訪ねていって、いちいち問い糾すというのか。三十年近くも前のことだ。第一、産婆の所在をつきとめたところで、相手がまだ達者かどうか」

そこでいったん言葉を切ってから、周音は深く息をついた。

「その産婆がたとえまだ生きていて、会えたとしても、おそらくあの屋敷で見聞きしたことは何もしゃべるまいよ」

「なぜそう言える」

冬吾が問うと、周音は逸らしていた目を彼に戻した。しばし無言でいてから、「ついて来い」と踵を返した。

「どこへ」

「先代が他に記したものは、ここにはない。——この書庫にはない。だが、先代が使っていた部屋に日記が残っている」

「先代の日記だと？」

冬吾は目を見開いた。

「日々に起こったことを、幾つかの箇条書きにして書き留めただけのものだがな。一応、母が死んだ前後の日付のものもある」

「なぜもっと早く言わなかった」

忘れていたからだと、返った声は素っ気ない。

「私がそれを読んだのは、佐々木の家を継いだ頃のことで、十年ばかりも前の話だ。たいした内容ではないと思ったから、おまえが産婆のことを言い出すまで思い出しもしなかった」

周音はすでに廊下に出ていたが、追って書庫を出ようとした冬吾の耳に声だけは届いた。

「母もあの当時、おまえと同じことを言って産婆を捜していた。確か——訪ねていって、会ってもいたはずだ」

境内にある母子石に挨拶をしにいくと、お壱は前とかわらず丸い顔にえくぼを浮かべた優しい顔で、るいを迎えてくれた。

辰巳神社の母子石には、拝めば行方のわからない我が子が戻ってくるという言い伝えがあって、その化身であるお壱はふっくら小太りな、どこかのお百姓の女房といった素朴な風情の女性だ。

相変わらず迷子の親たちの母子石詣では絶えないようで、お壱の足は今日も泥だらけだった。朝に夕にいなくなった我が子を案じて親たちが流す涙のせいで、晴れた日でも彼女の足もとは濡れてぬかるんでいるからだ。

一心に石に手を合わせる親の傍らで、早く子が見つかるようにと、お壱もまた一緒に願う。けれどもその姿は、たいていの人には見えていない。

お社のそばにある詰所の上がり口に腰かけて、二人して白湯《さゆ》を飲みながら四方山《よもやま》話をしているうちに、話は自然と冬吾のことになった。

「冬吾って名前だったんだね。顔を見て、やっと思い出せた」

そりゃ驚いたよと、お壱は笑った。

「ぱったりと姿を見せなくなったと思ったら、いつの間にか養子にいっていたとはねえ。それも、あんたの奉公先の主人なんだって？」

「そうなんです」

「すっかり背も伸びて大人になっていて、見違えたよ。あたしを見かけて挨拶をしていったけど、どう言っていいかわからないような困った顔をしていて、可笑《おか》しかった」

「冬吾様ったら」

いつもは無愛想で威張《いば》りんぼで皮肉屋なんですよと、るいが言うと、「そうなのかい」とお壱は眼を細めた。

「元気でいるようで、よかったよ。子供の頃は、もっと弱々しい感じだった」

「九十九字屋にきた頃も、病気がちですぐに熱を出していたって聞きました」

「おっ母さんもずいぶんと心配してらしたねえ」

るいはちょっと身を乗り出した。

「お壱さんは、冬吾様のおっ母さん……音羽さんとは親しかったんですか？」

「そうそう、音羽さんだっけ。親しいってほどじゃなかったけれど、時々話はしたかね。綺麗で上品な人だった」

うん、とるいは胸の内でうなずく。後ろ姿しか見てないけど、そんな感じの女性だった。

「その音羽さんがどうかしたかい？」

「実は……」

るいは自分が見た夢の話をした。音羽が母子石に手を合わせていた、石に貼った紙には『政』と書かれていたと聞いて、お壱は考え込む。

「それは、本当にあったことだったんでしょうか」

「どうだったかね。いやだね、あたしは何でもすぐに忘れちまう。ちょっとお待ち、今、思い出すから」

お壱が首を捻っている間に、先ほど茶菓子を運んできた女中が昼餉《ひるげ》を用意したと呼びにきた。るいが部屋にいないので、わざわざ捜してくれたようだ。

「行っておいで」

その間に思い出しておくからとお壱に促《うなが》され、るいは部屋に戻った。

用意された昼餉の膳は一人分で、冬吾が戻ってくる気配はない。まだ時間がかかりそうだとため息をつきながらそれをきれいに平らげて、膳を下げにきた女中に礼を言ってから、るいはふたたび境内の詰所へ向かった。

思い出したよと、るいの顔を見るなりお壱はうなずいた。

「確かに、そういうことがあった。自分の子供のことじゃないのに、丁寧に手を合わせているから、どうしてだろうと思ったものさ」

「じゃあ、やっぱり本当だったんだわ」

「あんたの夢に出てきたんだって？　不思議だねえ」

そう言って、お壱は一寸、黙り込んだ。ふぅ、と吐息をついた顔からえくぼが消えた。

「ついでに思い出したよ。その時のことを、他にもいろいろとさ」

「他にも？」

るいは首をかしげる。とすると、夢で見た光景のつづきということか。

「音羽さんがあたしに挨拶して立ち去ろうとした時だった」

周音が駆け寄ってきた、という。ひどく怒った顔で、何をしているのかと母親に対して声を荒らげたので、お壱は驚いた。周音が普段、自分から母子石に近寄ってくることは滅多になかったから、なおさらだったそうだ。

「医師に薬を飲んで安静にしているよう言われたはずだって、ね。言われてよく見れば、音羽さんは血色も良くなかったし、少し窶《やつ》れているようだった」

それでも大丈夫だと微笑む音羽に、周音はさらに激高した。

――いつもそうだ。母さんは冬吾のことばかりだ。

こんなことになったのも、全部冬吾が悪いんじゃないか。そう、叫んだらしい。

――私のことはどうでもいいんだ。

――冬吾ばかり、心配して。

――私のことは……！

「音羽さんは困った顔をしてね。ごめんねと何度も謝っていた。寂しい思いをさせてごめんなさいって」

あなたも冬吾も、自分にとっては同じ大切な息子なのだと、音羽は言った。しかし周音の怒りはおさまらなかった。

――どうして私が、冬吾に近づいてくるあやかしを祓わなきゃいけないんだ。あいつが何に取り憑かれたって、知るもんか。

(あれ？)

るいの頭の中で、何かがぴんと跳ねた。

「それって、周音様が冬吾様をあやかしから遠ざけていたってことですか」

「だろうね」

「うーん」

ともかく、先を聞くことにした。

――そんなことは言わないで。あの子はあなたよりも弱い。あなたにはあの子を守る力も強さもあるのですから。

音羽は周音の手を取ると、それを自分の手で包み込むようにして、優しく言った。

――周音。あなたがお父さんの跡を継ぐために辛い修業を頑張っていることも、私はよく知っています。あなたは偉い子です。どうか、お父さんのように立派な人になってくださいね。

「音羽さんが亡くなったのは、それから何日か後のことだ。思い返せば、あの人はその時、自分が死ぬとわかっていたみたいだった」

お壱はしみじみと言い、るいも「そうだったんですか……」としゅんとした。

「子を失う親も、親を失う子も悲しい。子をあとに残していかなければならない親も、本当に悲しいもんだ」

お壱は、泥だらけの自分の足を見つめて、呟いた。

「だけど、あたしはその時なんだか周音が可哀想でね」

「周音様が、ですか？」

「今でこそあんなふうにすましちゃいるが、その時はあの神主だってほんの子供だったんだから」

　まだ十二歳の子供だった。

「もっといっぱい、おっ母さんに言いたいことはあったのかもしれない。もっと違うことを言いたかったのかもしれない。でも音羽さんにそう言われて、周音は何ともいえない泣きそうな、寂しそうな顔をして黙っていた。親を見失った迷子みたいな顔だって、あたしは思ったのさ」

　わかるのは、その頃には冬吾と周音、二人の兄弟の間にはすでにもう大きなわだかまりがあったということだ。

　母の死のせいで周音は自分を憎んでいると、冬吾は言っていた。でもきっと、そうではなかったのだ。

「音羽さんは自分の子を分け隔てするような人じゃない。そんな人じゃなかった。だけど、どうしようもないことってのは、あるもんさ」

　るいには兄弟姉妹はいないし、ましてや母親ではないのだから、気軽に「そうですね」とわかったようにうなずくことはできない。それでも、なんともやるせない気持ちになって、お壱と一緒にふぅとため息をついた。

その時、「おい、どこにいる。帰るぞ！」と冬吾の声が聞こえた。

「あ、冬吾様だわ」

お壱に挨拶をすると、るいは詰所を飛び出した。早足で境内をつっきろうとしていた冬吾に、急いで駆け寄る。

「もう用事はおすみですか？」

「すんだ」

冬吾はるいに横目をくれると、足を緩めることなく神社をあとにした。

六

辰巳神社の先代が残した日記には、音羽が死ぬまでに四度、八枝の子をとりあげた産婆のもとに足を運んでいたことが書かれてあった。

場所は千束《せんぞく》、日本堤《にほんづつみ》の近くの農家である。祟りを免れた屋敷の下男が、自分がそこまで産婆を迎えにいったと証言していたこともわかった。

四度目に産婆に会いに行った後、『高仁寺《こうにんじ》』という寺の名前が出てきた。音羽が産婆から聞いたことだという一文が添えられていたが、日記の翌日には一行、「音羽の体調すぐれず、床に臥す」と書かれているのみ。

そして数日の空白の後、「音羽逝去。心の臓の病により」と記されていた。

九十九字屋に戻ると、すぐにナツが店に姿を見せた。今日は表の戸を閉めているから店番の必要もなく、どこかで日向ぼっこでもしながら二人を待っていたようだ。作蔵も顔こそ出さないが、座敷の壁からぶつくさと声だけはしている。案の定、るいが佐々木家にいる間は敷地の壁に隠れていたとのこと。

るいは冬吾のために茶を淹れると、そわそわと畳に腰を下ろした。

なにしろ辰巳神社からの帰り道は、冬吾が無言でせっせと先を歩いていくものだから、何一つ聞くことができなかった。冬吾がそんなふうに黙り込むからには、何かがあったに違いない――というのは、一年もこの店主を見ていればわかることだから、気が揉めて仕方がない。

（まあ、これだけいろいろあったら、あたしだってもう何を聞いたって、驚きゃしない

けど）

「八枝の子の消息がわかるかもしれん」

「えっ？」

驚いた。るいはぽかんとして、冬吾を見た。

「手がかりでもあったのかい？」とナツ。

「ああ」

そうして冬吾が語ったのが、佐々木の家に残されていた日記のことであった。

「母が四度も訪ねていったのは、おそらく産婆が、自分が屋敷で見聞きしたことや八枝の子について一切口を開こうとしなかったからだろう」

当然、屋敷の者から口止めはされていたろうし、誰かに話せば命はないとでも脅されていたかもしれない。その相手がすでに死んだ後も、忌まわしい一件を口にすれば、祟りを自分に引き寄せると怯《おび》えていたとも考えられる。

だが、音羽は諦めなかった。何度断っても訪ねてくる彼女に根負けし、ついに産婆は子の行方を告げたのだろう。——それが、高仁寺だ。

「その界隈《かいわい》にある寺なのかねえ」

「産婆が赤子を抱いて行ける距離だ。遠方ではないだろう」

「日本堤っていやぁ、吉原《よしわら》だな。確かにあの辺りは、田畑しかねえや」

などと作蔵が壁から顔をつきだして、見てきたように言うものだから、

「お父っつぁん、吉原に行ったことがあるの？」

るいは首をかしげた。

「そりゃおめえ、俺だって男だ、吉原でちょいと遊ぶくらいのこたぁ」

「……それ、おっ母さんは知ってたの？」

「言うわけねえだろう。お辰《たつ》のことだ、もし一言でも言ったら俺ぁ簀巻《すまき》きにされたうえに、仙台堀《せんだいぼり》にどぼんよ。ひょー、おっかねえ」

「ふぅん、そうなんだ。恋女房と娘をほっぽらかして、吉原にね。ふぅぅん」

るいが睨むと、作蔵はにわかに慌てたように壁の中に引っ込んだ。

「うるせえ、仕事先の旦那に仲間と一緒に招かれて、酒を馳走になっただけだ。紅殻格子《べんがらごうし》の中を通りすがりに拝んだくらいで、おまえにつべこべ言われる筋合いはねえ」

「だったら顔を出しなさいよ。逃げるなんて卑怯だよ」

父娘の言い合いを尻目に、それでとナツは話をつづけた。

「八枝がいた屋敷ってのも、千束かい？」

「正確にはもう少し北のほうだが、まあその辺りだと思えばいい」

浅草寺《せんそうじ》の賑わいも吉原の華やかさとも無縁の、それこそ名もないような田畑と雑木林の土地に、その屋敷はぽつりと建っているのだ。

「猿江町から千束まではずいぶん遠いってのに、おっ母さんは何度も足を運んでらしたんだね」

ああ、と冬吾は呟くように言った。

「それだけでも、身体に無理があっただろう」

当時、父も自分も再三、母の外出をやめさせようとしたのだと、周音は言っていた。

けれども母はきかなかったと。

ナツはゆるく捻ってまとめただけの自分の髪の先をひょいと摘《つま》み、それに目をやった。

まるで何気ない仕草のままで、

「あんたのおっ母さんは、病で亡くなったんだね」

「そうだ」

まだ作蔵にぷんぷんしていたるいだが、病と聞いてハッとした。

お壱が言っていたことを、思い出したのだ。

──医師に薬を飲んで安静にしているよう言われたはずだって
──思い返せば、あの人はその時、自分が死ぬとわかっていたみたいだった
(音羽さんは本当に、病で身体が悪かったんだ。病のせいで亡くなったんだ。だったら、音羽さんのことは冬吾様のせいなんかじゃ……)

「だが、母が死んだのは私のせいだ」

「えぇぇ？」

るいは思わず、冬吾を見つめた。

「私は母が心の臓の病を抱えていることにさえ、気づいていなかった。私が八枝に憑かれている間も、その後までも、母は私のために無理をした。命を落とすことになったのは、その結果だ」

そうかい、とだけ言って、ナツは弄《もてあそ》んでいた髪を肩の後ろにぴんと弾いた。

「高仁寺へ行くんだろ？」

冬吾はうなずく。

「今日のうちに向かう」

音羽は、産婆からようやく聞きだしたその寺へ、行こうとしていただろう。けれども行くことはできなかった。八枝との約束を果たす前に、儚《はかな》くなってしまったのだ。

いや。そうではない。——子供はあちら側にはいなかった、という言伝。約束をした時にはまだ、生死のわからなかった子を、音羽はあちらで、彼岸で捜しつづけていたのだ。そうして、あちらでは見つからなかったと。

約束の半分は、果たされた。ならば、もう半分は。

「今からじゃ、日が暮れちまうよ」

「むこうで宿をとる。寺の場所がわからんからな。聞いて回るのに、時間がかかるかもしれん」

寺へ行ったら本人がいたりしてな、と壁から声がした。冗談めかした口ぶりであるから、作蔵もまさかと思っているのだろう。冬吾は苦笑して、「そう都合よくはいかんさ」と言った。

「おまえは、夜は二階で寝ろ。筧屋には戻らなくていい」

ふいに冬吾が顔をこちらに向けたので、「はい?」とるいは間の抜けた声を返してしまった。

「え、あたしが、冬吾様の部屋で寝るんですか？」

「二階が安全なのは、昨日のことで実証ずみだ」

心配性だねと、ナツはクスッと笑った。

「面倒事を極力避けたいだけだ」

「そんな、あたしなら大丈夫ですから」

心配しないでくださいと、るいは力をこめて言った。

「なぜそう言い切れる」

「なんとなく」

るいとしては本当になんとなく大丈夫な気がしたからそう返答したのだが、冬吾はじろりと彼女を睨んだ。

「いいから言われたとおりにしろ」

はい、とるいは首をすくめた。

今日のうちどころか、今すぐにでも出かけるつもりなのか、冬吾は話をそこまでにして立ち上がった。

二階へ向かおうとした彼に、

「あのさ」

ナツが柔らかな声を投げた。

「病なのに無理をしたせいで命をなくしたってのも、病でさえなけりゃ多少の無理をしたところで死ぬことはなかったはずだってのも。どっちも本当のことだよ」

冬吾は足をとめて、ナツを見た。が、すぐに目を逸らせると、何も言わずに階段をあがっていった。


その夜。

冬吾に言われたとおり、るいは九十九字屋の二階に布団を運び込んで、夜具と一緒によいしょと広げた。

夕飯も食べたし、湯屋にも行った。あとは寝るだけだ。

「なんだか、落ち着かないわね」

慣れない部屋だし、普段は冬吾がここで寝起きしていると思うとなおさらだ。うまく寝つけるかしらと独りごちながら夜具をかぶって、目をつぶった時である。

ことん、と部屋の隅で音がした。

るいは目を開け、頭をあげてそちらを見た。が、明かりといえば枕元の瓦灯だけで、そのぽっちりした光だけではとても、部屋の隅まで見渡すことはできない。

仕方なく夜具から這い出して、こっちと見当をつけた方向を手さぐると、

「うわあ、また!?」

くだんの枕屏風が、立てて開いたかたちでそこに置かれていた。

「どうして蔵から出てくるのかしら」

昨日から出しっぱなしということでは、ないだろう。昨夜は夕飯も食べずに部屋に引き籠もってしまった冬吾だが、どんな時でもあやかしの品に対する扱いだけは、きっちりしている。この枕屏風も、るいが筧屋に戻った後で、ちゃんと蔵に戻していたに違いないのだ。

(間がよすぎるって、ナツさんは言っていたけど)

「ねえ、あの夢はあんたがあたしに見せたの？」

るいは枕屏風の絵を、指でそっと撫でた。そこに描かれている爛漫《らんまん》の桜も、暗がりの中ではよく見えない。少し前、ナツや作蔵とともにこの中に入って花見をしたのが、それこそ夢みたいだと、るいは思った。

うか。

巷《ちまた》の桜は、ほぼもう散ってしまった。この屏風の中の桜は、今もまだ満開なのだろうか。

そんなことをぼうっと考えていると、

「あの子にも困ったものですよ」

そんな声がどこからか聞こえて、るいは目を瞠った。夜気から溶けでたような、ずっと遠くで聞こえたようでもあり、すぐ耳元で囁いたようでもある声だ。

「すみませんねえ、お嬢さん。あの子はさっぱり話が通じなくて」

「え、え？」

きょろきょろとあたりを見回していると、いきなりぐいと身体を引っぱられた。

驚いて屏風に目を戻すと、なんと絵の中から白い手が伸びて、るいの寝間着の袖をしっかりと摑んでいる。悲鳴をあげずにすんだのは、いつも壁から手やら足やら出しているお父っつぁんを見慣れていたせいだが、それでもるいはぽかんと口を開けた。

と、白い手は素早く屏風の中に引っ込んで、ついでに袖を摑まれていたるいまで一緒に、中に引っぱり込まれてしまった。

一面の桜だ。陽の光にきらきらと、見渡すかぎりに咲き誇る薄紅の花の色に、るいはうっとりと見入った。

（綺麗……）

前に来た時と同じ光景だ。るいは川辺に立っていた。目の前にはゆったりと水が流れる川があり、その向こう岸は『あの世』である。

「やっぱり桜の絵柄だから、ここではずっと、桜が咲いているのね」

「……そういうわけじゃありませんよ」

後ろから声がした。るいの立っているところからほんの一歩、二歩ずれた位置に、誰かがいるようだ。

けれどもるいはなんだか頭の芯がほわほわしていて、それが誰なのか、どうしてそこにその人がいるのかなどということは、さっぱり疑問に思わなかった。そもそも自分がどうしてここにいるのかさえ、頭に浮かばない。

「ここでどんな風景を眺めるかは、訪《おとな》う人それぞれ。あなた、来る前に桜のことを考えていたでしょう」

そうそう、あたし、ここでは桜はまだ咲いているのかしらって思っていたんだった。

「まあ、桜が一番多いのは本当ですよ。だって、桜の絵ですものねえ。見れば誰でも真っ先に、桜のことを考えますよねえ」

おかしそうに、誰かは笑った。

聞いたことのある声だと、るいは相変わらずほわほわしながら思う。

ごめんなさいねと、今度は本当に申し訳なさそうに誰かは言った。

「あたしは、何度もあの子の夢枕に立とうとしたんですよ。なのにまるきり駄目で。目を開けている時にはうんざりするほど、人ではないモノばかり見ているくせに。寝ている間にも、あれこれと面倒くさいことを考えているんでしょうよ。だからこっちの声など聞こえやしない。そういうところは、昔から手のかかる子でしたとも」

「面倒くさい」のくだりで、ああ冬吾様のことねと、深く考えることなくるいは思った。

おかげでこうしてあなたの手を借りることになってしまってと言われて、「お気になさらず」と気安く答えた。

後ろにいる人は、少し間をおいて、

「あの可哀想な女に、この風景を見せてあげたくてねえ」

「そうですね」

なんだかすっかりわかった気分で、るいはうなずく。

「ただ、あなたにまた怖い思いをさせちまうことになります。あなたみたいなうら若い娘さんにと思うと、気が咎《とが》めてね。……でもまあ、あたしが先導しますし、何かあれば冬吾があなたを守るでしょうから」

今度ははっきりと、冬吾とその人は言った。

「まかせてください」

何のことやらわからないはずなのに、大丈夫とるいは胸を張った。一度も二度も同じことだと思った。まるでるいの中にもう一人、別のるいがいて、そのるいはすっかり全部心得ているみたいだ。

「じゃあね、今から話すことをしっかり覚えておいてくださいよ。あなたとあの女との間には、縁がもうすっかりできあがっちまっていますから、それを逆手にとりゃあいい。冬吾にも伝えて、あの子がまだ四の五の言うようなら、尻を叩いてやったってかまやしませんのでね」

そんな小さな子供にするみたいなことをと、向こう岸をぼうっと眺めながら、るいはくすくす笑った。

遠く、川面を行き交う渡し舟が見える。あっちへ行ったりこっちへ行ったり。不思議なことに、棹《さお》を操る船頭の姿はない。なのに舟は難なく流れを横切って、両岸の舟着き場にぴたりとたどり着く。

「……あの女が子供にちゃんと会えるなら、それでよし。でも世の中というのは、そうそう上手く運ぶものではないですからね。もしも子供がどこにいるかわからず仕舞いだったり、わかってても会わせられない事情があるのなら、こうするしか方法はないと思うんです。ええ、あの女のためにはね」

一通り話し終えると、声はずうっと後ろに遠ざかったように、小さくなった。

「ああ、そうそう。もうひとつ、頼み事をしてよいですかね」

「はい、何でしょう」

「言伝があるんです。これも、向こう側にいるあの人から――」

その内容を聞いて、初めてるいはハッと目を見開いた。

振り返ったその時には、背後にはもう声の主の姿はなかった。

ぱちり、とるいは目をさました。いつの間にか布団に横になって夜具にくるまっている。雨戸の隙間から、朝の光が射し込んでいた。

身体を起こして「うーん」と伸びをしてから、そういえばと部屋を見回した。昨夜確かに部屋の隅にあったはずの枕屏風は消えていた。

「蔵に戻ったのかしら」

るいは立ち上がって雨戸を開けた。瑞々《みずみず》しい朝の空気を胸一杯に吸い込んで、よしと大きくうなずいた。

「そうよ。――どうせ、一度も二度も同じことだもの」

七

冬吾が戻ったのは、その次の日の昼過ぎだった。

さすがにくたびれた様子であるが、いつもの仏頂面なので朗報があるのかそうでないのか、よくわからない。

「おかえりなさいませ、冬吾様」

出迎えたるいがどうでしたかと訊くのと、階段の半ばで寝そべっていた三毛猫の「見つかったのかい？」という声が重なった。

冬吾は上がり框《かまち》に腰かけて、るいが持ってきた洗い桶の水で足を拭う間、何も言わなかった。すると今度は作蔵が土間の壁から、「おい、それでガキの居所はわかったのかわからねえのか、どっちなんでぇ？」とせっついた。

「まさか、高仁寺なんて寺はなかったなんてことじゃないだろうね」

三毛猫から人の姿になったナツが、階段を下りて眉を寄せる。

「寺はあった」

小さな寺なので見つけ出すのに手間取ったと、ようやく冬吾は口を開いた。手拭いを桶の縁にかけて、屈めていた身体を起こした。

「そこの住職は、何年か前に高齢で亡くなったとのことだ。今は代替わりしていた」

それじゃ、と思わずるいは言いかけたが、冬吾はすぐに言葉を継いだ。

「だが、寺で長年働いているという下男が、当時のことを覚えているというのでな。話を聞くことはできた」

その寺男もけっこうな年寄りで、へたをすれば老齢で死んだ先代住職とおっつかっつの歳ではないかと思われたが、頭はしゃっきりしたものだった。歯のない口でもごもごと、三十年近くも前のその出来事を忘れようにも忘れられなかった、と言った。

くだんの産婆は前々から、時おり寺を訪ねてきていたものらしい。というのは、望まれずに生まれてくる赤子を間引くというのも、表だっては口にはできぬ産婆の仕事のひとつであるからだ。子だくさんの農家などでは、養いきれないという理由で子供をこの世から返してしまうことも、ままある。産婆が寺に来るのは、その供養のためであったろう。

しかしその日、産婆が抱えてきた赤子はまだ生きていた。何事かと住職が問うと、産婆は取り乱した様子で「どうぞご内聞に。どうぞここだけの話にしてくださいまし」と繰り返し、住職が口外しないと約束してやっと、おのれが見聞きしてきたばかりのことを語りはじめた。

赤子のことも驚いたし、産婆の様子が尋常でないことも気にかかって、寺男は住職たちがいる部屋の外で、こっそりとその話を聞いていたのだという。

屋敷に呼ばれた産婆が何を見たかは言うまでもなかった。

産気づいた女は、惨《むご》くも座敷牢に囚われていた。その女が何者でなぜそんな非道な目にあっているのかは、産婆にはついぞわからぬままだった。屋敷にはやくざな男たちがいて凄むようにこちらを見ており、とても訊くことなどできなかった。

牢の鍵を開けたのは丸髷を結った商家のお内儀らしき女で、着ているものは良かったが、でっぷり太ってなんとも底意地の悪い、嫌な目つきをしていた。生まれた子は殺してしまえ、ここでのことを他人に言えばおまえも容赦はしないと言いながらお内儀がほくそ笑むのを見て、背筋がぞっとしたと産婆は言った。

座敷牢の中にいた女は難産の末に男の子を産んだ。その口と鼻を手で塞いでしまえば、赤子は何もわからぬまま、生まれる前へと返る。産婆がまさにそうしようとした時、女が声をかけてきた。——私の子は元気に生まれてきましたか、と。

産婆が思わず子を差し出すと、女は愛《いと》おしそうにそれを抱き寄せ、乳を含ませた。政《まさ》という名にしましたと、出産の後の疲労も濃い顔で、それでも嬉しそうに女が言うのを聞いて、産婆の心は決まった。

望まれぬ子を間引くのは産婆の仕事。けれども生まれてきて親に慈《いつく》しまれる子を殺すことは、彼女の仕事では断じてない。

しかし赤子をこのままにしておけば、おのれの命までが危うくなる。幸い、というのもおかしなことだが、お産が長引いたためにあの残忍そうなお内儀はとうにどこかへ引きあげていた。

すでに日暮れて、外が暗いのも都合がいい。赤子は乳を飲んでよく眠っている。

女が気を失ったように寝入ったのを見届けて、産婆は持ってきた布でおくるみごと赤子を包み込み、抱き上げた。泣くんじゃないよ、このまま静かにしていておくれよと、心の中で祈りながら。

座敷牢のある内倉を出ると、手燭を持ったお内儀がやってきた。殺したかと言われて、産婆は肝を縮ませながらうなずいた。お内儀はふんと鼻を鳴らし、包みの中を確かめることもせずに、鍵を手に牢に向かった。

産婆は赤子を抱いて屋敷を出た。もう十分離れた、屋敷は夜の闇に呑まれて見えなくなったというところまできて、一目散に駆け出し、その足で寺に駆け込んだ――。

「子供は住職が引き取って、三つになるまで寺で暮らしていたそうだ」

捨て子として届け出をしたが、乳飲み子を育てるのは大変だった、乳をもらうのに方々に頼み込んだものだと、寺男は懐かしそうに目を細めていた。

「それで、その子はどうなったんだい？」

「今、どこにいるんですか？」

「寺に三つまでいたってこたぁ」

聞いていた三人がいっせいに口を開いたのを制して、

「里子に出て、今は上方にいる」

もらわれていった先は商家だと、冬吾は言った。

里親となったのは、かつて浅草寺のそばで乾物屋を営んでいた夫婦であった。店の主人と高仁寺の先の住職は、同好の会を通じて親しくしていたという。主人は上方の人で、若い時分に妻とともに江戸に出てきて商売をはじめた。商いは順調だったが、四十を過ぎても子に恵まれず、そのせいか住職を訪ねてきた折には、寺にいた幼子をことのほか可愛がっていたらしい。

「子供が三つになった時、乾物屋の夫婦から正式に自分たちの子として引き取りたいと申し出があったそうだ。――上方にいる身内が流行病《はやりやまい》で亡くなったために、自分たちが実家の店を継ぐことになった、今の店はたたんで江戸を離れるので、ぜひその子を跡取りとして引き取らせてほしいと」

主人は誠実な人柄で、妻は気の良い女だった。何より二人そろって骨身を惜しまぬ働き者であることを知っていたから、住職としても夫婦の申し出に否はなかった。

八枝の子が――政が上方にいるのは、そういう経緯だったのだ。

「問題は、それで八枝が納得するかどうかさ」と、ナツは首をかしげた。「子の消息が知れても会えるわけじゃない。上方じゃねえ」

まさか怨霊を連れて箱根《はこね》を越えるわけにもいくまい。

「これで説得する以外ない」

そう言って冬吾が取りだしたのは、分厚い文の束だった。寺から持ち帰ったものである。

「乾物屋の主人が、子供の様子を知らせるために、住職に書き送ってきた文だ」

まめなうえに律儀な人だったのだろう。自分らと子供の近況を書き綴った文は、住職が亡くなるまで半年かそこらの間で届いていたらしい。読めば子がすくすくと、大切に育てられていたことがわかる。

冬吾はあらかじめ、自分は縁あって三十年近く前にとある女が産み落とした子供を捜しているのだと、寺男に告げていた。老人は先の話をしてから、けれども政は自分がもらい子だということを知らないかもしれない、里親たちを実の親だと信じたままかもしれないよと、幾分案じた様子を見せてから、結局、住職から預かっていた文を冬吾に託した。

——もしも政がここを訪ねてきて、自分がどこの誰なのか知りたいと言いだしたら、あっしはこの文を見せてすっかり全部話してやるつもりでいたんです。けれどもあっしも、もういつぽっくり逝ったっておかしくはない身なんで。

あんたに全部まかせると、肩の荷を下ろした顔で言ったという。

「最後の文には、政が嫁をもらうことになったと書かれてあった。利発な孝行息子に育ってくれた、あと何年かすれば約束どおり店を継がせるつもりだとな」

「だったら今はもう、立派にお店の主人になっているんじゃないのかね」

今さら当人に事情を説明して、八枝をおっ母さんと一言呼んでやってくれなんて、とても言えやしないとナツはため息をついた。

「ともかく明日、屋敷へ行ってくる」

冬吾はきっぱりと言った。

あの、とるいはとっさに声をあげる。

「冬吾様、そのことなんですけど」

「どのことだ」

「八枝の屋敷に行くことです。――えっと、冬吾様がわざわざ出向かなくても、もう一度八枝にここへ出てきてもらえばいいんじゃないかと」

なんだと、と冬吾は呆れたようにるいを見た。

「八枝を呼びだすとでもいうのか。何を言っている」

「実は……」

――もしも子供がどこにいるかわからず仕舞いだったり、わかっても会わせられない事情があるのなら

一昨夜、枕屛風の景色の中で聞いた言葉を思い出し、その通り今は他に方法などないとるいは思う。

「キヨさんが、言っていたことなんです」

そうして話した。――八枝を救うための、その方法を。

幸い、尻を叩くことまではせずにすんだけれども、冬吾はいかにも不承不承だった。

「この期に及んでそんな顔をおしでないよ。キヨの言うことなら、間違いはないさ」

ナツはくっくと喉を鳴らすように笑っている。

「なぜ怨霊を自分の家に招き入れねばならんのだ。こちらで出向いて行っても同じことだろうが」

「ここでなければ、いざって時にキヨがあんたを助けられないからだろ」

「それがいらぬ世話だというんだ」

るいも思わず吹きだしそうになって、慌てて口を押さえた。

(本当に子供扱いだわ)

多分冬吾は、養い親が死んだ後まであれこれ自分の世話を焼こうとしているのが、ありがたくも不満なのだろう。それとも、キヨが彼の夢枕に立とうにも立てなかったと言ってしまったのが、まずかっただろうか。

「だいたい、おまえに八枝を呼びだすことなどできるのか？」

疑わしげに言われて、大丈夫ですとるいは自信たっぷりにうなずいて見せた。

「あたしには縁だか因果だかがありますし、それにほら、一度通った道なら二度目は迷ったりしないでしょう？　今もあたしは八枝と繫がっているはずですから、きっとうまくいきますよ」

冬吾がるいの身を案じていたのも、それゆえであるのだが。

「怨霊相手に、よくそこまで気楽に言えるものだ」

冬吾は深いため息をついた。

「そりゃ、俺の娘だからな」肝が据わってんだよと、作蔵。

「ああ、なるほど。父親が妖怪でぬりかべなら、嫌でも肝は太くなるか」

「なんでえ、どういう意味だそりゃ」

ところでいつやるんだいと、ナツが訊く。

「戻ったばかりで、少しは休ませてもらいたいところだが」冬吾は座敷の片隅に、目をやった。「そうもいかんようだ」

その視線を追ってるいが目を向けた先には、あの枕屏風があった。いつの間にやらというのは毎度のことだが、いつものように広げて立ててあるのではなく、畳んで壁に立てかけてある。

ナツ、と冬吾は呼んだ。

「おまえは外に出ていろ。何か問題が起こったら、すぐに周音に知らせてくれ」

あいよ、とたちまち猫の姿になって、ナツはするりと座敷を出ていった。

「冬吾様、八枝の櫛はありますか」

おコウから預かったそれを、冬吾は護符に包んでいつも持ち歩いていた。櫛を受け取ったるいは、躊躇《ちゅうちょ》なく護符を取り去ると、手の中に握りしめた。

「では、やります。——八枝さん、八枝さーん！」

おい、と冬吾は呆れた顔をした。

「呼びだすというのは、本当にそうやってただ呼ぶことなのか？」

「え、呼ぶっていったら、こうやって呼ぶもんじゃないんですか？」

冬吾様もご一緒にと、るいはにっこりした。

「なぜ私が」

「一度取り憑かれたよしみです」

よしみ、と口の中で呟いて、冬吾は何ともいえない顔をした。が、それ以上文句を言う気力も失せたようで、いかにも気乗りしない様子ではあったが、るいの手の中にある櫛に目を落として声を張った。

「八枝、おまえの子、政の行方がわかった。おまえに伝えたいことがある」

「八枝さーん！」

「私を覚えているだろう。音羽の息子だ。おまえが母と交わした約束を、果たしたい」

「おーい、蛇女！　鰻女！」

「ややこしいから、お父っつぁんは黙ってて」

そんなふうにして四半刻のそのまた半分ほどの時が過ぎた頃、るいはふいに背筋にぞっと冷たいものを感じた。

「来た！　冬吾様、来ました！」

「嬉しそうに言うな」

冬吾は文の束を懐に差し入れ、るいは櫛を帯の間に押し込むと素っ飛んでいって枕屏風を抱え上げた。

そのとたん、である。まだ外は明るいというのに、店の中に薄闇が生まれ、見る間に墨を流したような漆黒に変じた。

瓦灯の小さな火が、闇の中にぽつりと灯っていた。

そのわずかな明かりに、頑丈な格子がぼんやりと浮かび上がって見える。

前の時と同じ、真っ暗な内倉の中だ。前と違うのは、るいの傍らに冬吾がいること。

それと、瓦灯は端《はな》から足もとにあって、つまり今回はどういうわけか、るいは座敷牢の外にいて格子を眺めているという塩梅だった。

だとすると、内倉の扉は背後にあるはず。開くとは思えなかったが、るいは一応手を伸ばして確かめてみた。けれどもそこには闇が壁となってあるばかり。つるつるとして指先に引っかかりがない。

抱えていた枕屏風を下に置いて、格子の内側をのぞき込むと、そちらも黒々と闇が凝って中を見透すことはできなかった。ただ、ひやひやとした生臭いような空気が中から吹きだしてくるようだ。

「八枝」冬吾は格子に歩み寄り、声をかけた。「母がおまえと約束したとおりに、私はおまえの子を捜した」

牢の闇はこそりとも音をたてない。だけど八枝はいるはずだ。そうでなければ自分たちがここにいる理由がないと、るいは思う。

相手の沈黙にはかまわず、冬吾は産婆の話に始まって、政が里親に引き取られたこと、今は上方でおそらくお店の主人になっているであろうことを語って聞かせた。

「今ここで、政をおまえに返してやることはできない。その代わりに、里親が記した文を、持ってきた。おまえの子が引き取られた先で不自由なく幸せに育ったことは、この文を読めばわかるだろう」

格子の向こう側で、闇が身じろぎをした。何も見えず音も聞こえないのに、そこにいる者の息づかいをるいは感じた。

ここがこんなに暗いのは、窓のない内倉であるせいばかりではない。この闇は、八枝の心の色だ。怨みと悲嘆で真っ黒に塗り潰されてしまった、八枝の心そのものなのだ。我が子の消息を聞いても、闇は薄れることなく、光の一筋も見えはしない。

――八枝様を、あそこから出してあげてください。

るいは、もう一つの約束を思い出した。

(うん。そうだね、おコウ)

八枝をこんな暗い場所から出してあげなくちゃね。

冬吾は瓦灯を自分のほうに引き寄せて、潜り戸の前に屈み込んだ。ぶらさがっている錠前を摑んで、ためしに何度か揺さぶってみる。むろんそれで外れるわけはなく、次にはまるで手妻《てづま》のように袂《たもと》から取りだした針金を、鍵穴にあてた。それでこじ開けようというのだろう。

「鍵はないんですか？」

「あれば苦労はしていない」

鍵を持っていたのは、八枝の怨みの元凶となった高井屋のお内儀で、その死とともに鍵も紛失してしまった。八枝が首を括った後もこの座敷牢は鍵をかけられたままだったと聞いて、るいは首をかしげた。

「でも、次の持ち主になった三河屋のご隠居は、この中で倒れていたんでしょう？」

「三河屋は牢の中までは入っていない。施錠されていて入れなかったんだ。格子の手前、つまり我々がいる辺りで倒れているのが見つかった」

おかげで錠前は今ではすっかり錆びついて、いかに針金でつつこうと、ぎちぎちと耳障りな音をたてて固まったままだ。

他に何か使える道具はないかと、るいはとっさにまわりを見回した。しかしこの暗闇では、まわりなど何も見えやしない。たとえ見えたとしても、こんな場所に都合よく鍵をこじ開けられるような物などあるわけないわと思いなおしてから、るいは大きく目を瞠った。

内倉の壁に、るいの背丈よりも長い大鎚《おおつち》が立てかけてあった。これまた奇妙なことに、壁そのものは闇に埋もれてしまっているのに、それだけはくっきりと頭の部分に鉄錆が浮いているのまでよく見えた。

「冬吾様」

振り返った冬吾は、るいが指差した大鎚を見て、怪訝な顔をした。

「どこからそんな物が」

「きっと、キヨさんが用意してくれたんですよ。これで錠前を開けろってことです」

開けるというより、ぶち壊すことになりそうだが。

「……待て。もしやその大鎚は」

うちの店の蔵にあった——と、冬吾が言いかけたところで、

「よしきた、こいつぁ俺にまかせろ！」

作蔵が壁から手を伸ばし、大張り切りで大鎚を摑んだ。

「おい、そこをどきな、店主。隅に寄らねえと怪我をするぜ！」

妙に明るい声で言い放つと、作蔵はさらににゅるりと腕を伸ばし、大鎚を振り上げた。

潜り戸めがけて、振り下ろす。

がつん、と一撃で錠前が吹っ飛んだ。

が、やったと思ったのも束の間、るいはすぐに首をかしげることになった。作蔵がさ

らに、大鎚を目茶苦茶に振り回して、ところかまわず格子を殴りつけはじめたからだ。

「お父っつぁん、もういいわよ」

声をかけても、作蔵は呵々《かか》笑うばかりで耳を貸そうとしない。がん、がん、と大鎚がぶつかるたびに、太い格子がみしみしと音をたて、木っ端が跳ねた。

「ちょっと、お父っつぁんってば！」

やはり、と冬吾が唸った。

「あれは、うちの蔵にしまってあったいわくつきの品でな。普請の現場の事故で死んだ男の霊が憑いていて、あの大鎚を手にした者は片っ端から何でもいいから叩き壊したい衝動にかられるらしい」

手にすれば人を斬らずにはおられないという妖刀の話なら、るいも子供の頃に赤本で読んだことがあるが、大鎚は初耳だ。

「その方、どんな未練があったんでしょう？」

「さあな。人を襲ったり殺したりということはないが、それなりに厄介なのでうちで預かっていたんだ」

「用意してもらって何ですけど。どうせなら、もう少し普通の道具のほうがありがたかったような」

「キヨも、おまえに負けず劣らず大雑把なところがあったからな」

ともあれこの成り行きは筋書きにはなかったので、るいは壁の、作蔵の腕が出てきているあたりに近づいて、拳で一発、鳩尾《みぞおち》とおぼしきあたりを殴りつけた。

「ぐえぇ」

作蔵は悶絶して、大鎚を放り出した。

「げほごほ、おいるい、何しやがる！」

「お父っつぁん。壁のくせに大鎚に取り憑かれるなんざ、みっともないよ」

冬吾は携帯している護符を素早く紙縒《こより》にして、大鎚の柄に巻きつけた。これでしばらくは大人しくしているだろうと呟いて、あらためて格子の側を向いた。

るいも、もう一度枕屏風を抱え持って、その傍らに立った。

「もう牢にいる必要はない。出てこい、八枝。おまえは、そこから出ることができるのだから」

開いた潜り戸から、凍るような冷気が流れだしていた。格子の内と外の闇が、同じ黒でありながら、微妙に色を違《たが》えて混じり合う。

瓦灯の小さな火が消えて、互いの顔も見えなくなった。なのに。

ひらりと動いた、白い手が見えた。その手から先につづく細い腕も見えた。

右腕。左腕。闇に泳ぐようにして床を摑み、身体を前に引きずる。

ぱたん、ずる。ぱたん、ずるる。

長い間自分を閉じこめていた、自分で閉じこめていた牢の中から。潜り戸を越えて。

八枝が、出てきた。

るいはぐっと歯を食いしばった。たとえ二度目でも、この状況が怖くないかといえば、やっぱり怖い。

闇の底から鎌首を持ち上げたかのように、女の顔がすうっと宙に浮かび上がった。その白く濁った双眸《そうぼう》に見つめられ、るいはひっと息を詰めた。

今だ、という冬吾の声を聞いて、夢中で、抱えていた枕屛風を広げる。

刹那に、花びらを零《こぼ》す風が駆け抜けた——。

八

「このたびは、お骨折りいただきありがとうございました」

薄紅の景色の中、水辺に立って川向こうを見つめていた八枝は、背後から近づいた二人に気づいて振り返り、頭を下げた。

解《ほど》けていた髪はきちんと髷に結われ、異形と化していた足も人のそれに戻っている。しっとりとした立ち姿が美しく、身に纏《まと》う色柄の組み合わせが粋筋《いきすじ》を匂わせていた。

「綺麗なところですね。ここはどこでしょう」

「あの世でもこの世でもない場所だ」

そうですかとうなずいた八枝に、冬吾は文の束を差し出した。

「政に会わせてやれなくて、すまない」

八枝は文を受け取ると、それを胸に抱きしめた。その目から、はらはらと涙が落ちる。

幾度も首を振り、十分ですと言った。

「あの子がどこにいようと、幸せに生きているのならば、私には十分です」

牢の中で産んだ子は、彼女が寝入っている間にいなくなっていた。半狂乱になって、倉に姿を見せた本妻に問い糾すと、あの鬼のような女は冷たく彼女を嘲笑った。

――産婆に言って、捨てにいかせたよ。どうせここで子を育てることなどできやしないからね。

しばらくは泣き暮らした。そのうち、牢の闇の中で夢想するようになった。息子は無事で、生きている。きっと生きている。産婆によって心ある誰かの手に託され、健やかであるに違いない。

本妻の悪意に満ちた言葉にも、真実はあった。ここで子を育てることは無理だったろう。外にいたほうがあの子は幸せだ。

縋《すが》るような願いは、いつの間にかそれを信じる気持ちに変わっていった。うっとりと、夢を見るように彼女は信じていた。――あの子は無事で、生きている。成長し、いつか会いに来てくれる。生きてさえいれば、きっと会える。

すでにしてそれは、狂気であったかもしれない。

だが、牢に閉じこめられて一年が過ぎた頃、本妻は彼女に告げた。

――そろそろ本当のことを教えてやろう。おまえの子はとっくに死んでいるよ。産婆に、あの場で殺すように言っておいたからね。

「私が信じていたことは、ただの夢だった。ならば死のうと思いました。死ねば、あの子に会えるのだと」

だから、首を括った。

「けれども、会えなかったのだな」

冬吾の言葉に、八枝は首を俯《うつむ》かせて、はいと答えた。その目からまた、涙が止めどなく零れる。

冬吾はるいを横目で見て、「よけいなことは言うなよ」と囁いた。

「わ、わかってますよ」

るいは手で自分の口を押さえた。実は顔が真っ赤になるほど腹が煮えていて、そうして口に蓋をしていないと、その本妻の仕打ちに悪口雑言罵倒を片っ端から並べたててしまいそうだった。

やがて八枝は袂で涙を拭うと、顔をあげた。

「音羽様には、ご無理を申し上げました」

お亡くなりになっていたことさえ存じ上げず、とその声が細くなる。

「浅ましゅうございます。私はあなた様のことさえ、殺してしまうところでした」

あなたにも、と八枝はるいに顔を向ける。酷いことをいたしましたと、詫びた。

「平気です。あたし、慣れていますから！」

るいは慌てて首を振った。八枝がわずかばかり怪訝な顔をしたので、「お父っつぁんがぬりかべですから」とつけ足した。

「もうひとつ、渡すものがある」

櫛をと冬吾に言われ、るいは帯から取りだしたそれを、八枝に手渡した。

「おコウから預かった。おまえの櫛だ」

八枝ははっと目を瞠り、受け取った櫛を凝視した。

「……おコウは、どうなりましたか」

「心配するな。一足先にあちら側へ行った」

「それを聞いて安堵いたしました」

八枝は川向こうに目を向けて、よかったと呟いた。

「あの娘は私の支えでした。あの牢の中で、あの娘がいてくれたことがどれだけ慰めであったことか」

「おコウもあなたのことを、優しい人だって言ってました。八枝様はその櫛をくれて、遠くへ逃げろと言ってくれたって」

八枝は流れの向こうを見たまま、幾度か瞬きをしたようだ。そうして、るいに顔を向けた。

「私はおコウが哀れでした。まだ子供のような歳で、酷い世間を見せられて。生い立ちを聞いても、けして幸せな娘ではありませんでしたから」

牢の中にいても、あの娘が邪険に扱われていることはわかっていた。そればかりか、そのうち色気もでてくればよい慰み者になると、見張りの男たちが舌なめずりするように話しているのも耳にしていた。

だから、逃げろと言った。よすがのない娘が一人ぼっちで生きていくには辛い世間であるけれども、あの屋敷で自分と一緒に閉じこめられているよりは、よほどましに思えたからだ。

「けれども私は、卑怯でございました」

え、とるいは首をかしげた。八枝は口の端を小さく歪めるように、笑みを浮かべた。

「おコウが逃げたりしないことを、私は心のどこかでわかっていたのでしょう。遠くへ逃げろと口では言いながら、心のうちでは誰かに知らせてくれまいか、私がここにいることを伝えてくれまいかと、そう願っておりました」

おコウが殺されたと聞いて、悔いた。悔いて悔いて、それなのに。

「死んでなお私は、おコウの魂を自分のもとに縛りつけてしまったのです」

あの娘に申し訳がない。時の流れも忘れた闇の中、おのれの怨みと我が子に会えぬ悲嘆に狂うばかりで、おコウの想いなど目に入らなかった。それが一番申し訳ない。――そんな自分を優しいと言ってくれたことが。

「でも、おコウは」

るいは言わずにはおれなかった。

「あたし、おコウに取り憑かれたことがあるから、あの娘のことも、気持ちも少しはわかります。助けを呼ぼうとしたのだって、自分でそうしようと考えたからだって言っていたんです。あなたが後悔しているなんて知ったら、おコウはきっと悲しいと思う。おコウにとってあなたは自分のおっ母さんよりも優しい人で、今ここにいたってきっと、そう言います」

絶対にそうですと力強く言うるいを見て、八枝は口もとの歪んだ笑みを消した。そうして櫛をそっと撫でてから、静かに頭を下げた。

「向こう側へ渡る気はあるか」

冬吾は問いかけた。

いえ、と八枝は首を振って、笑んだ。先のものとは違う、清《さや》かな微笑だ。

「私のための舟がありますかどうか。おのれの怨みで無関係な方々の命までも取ってしまった私が、何もなかったような顔をしてあちらへ渡ることが、許されますのやら」

三河屋のことを言っているのだろう。

「あちらで詫びるという手もあるぞ」

「そうでございますね。かなうものなら音羽様にも、それと言伝をしてくださったあの方にも、会ってお礼を言いとうございます」

それでもと、八枝は言った。

「私は、ここに留まりたく存じます」

「ここにか」

「ここで、我が子を待つことにいたします」

「どれくらい先になるか、わからんぞ」

「はい。ずいぶん待たされることになるでしょう。けれどもいつか、必ず、あの子はあちらへ行くために、ここへやって来ます。その時に、一目会うことがかなえばと」

我が儘を申し上げます、どうかお許しくださいませと言って、八枝は頭上に咲く満開の桜を眩《まぶ》しげに見上げた。

繰り返しまた礼と詫びを口にした後に、八枝は川のほとりを歩き去った。

遠ざかるその姿を見送って、

「八枝さんは、ここに一人でいて寂しくないんでしょうか」

るいは思う。あの世でもこの世でもないこの景色は、今見ているような満開の桜ばかりではないだろう。どんな景色を見るかは、訪《おとな》う人それぞれだと聞いた。ならば目に沁みるような新緑の若葉を見ることも、秋の錦《にしき》の紅葉や冬の雪に灯る椿を眺めることもあるに違いない。

けれども。その季節折々の風景の中に佇んで、あの人はただ一人で、いつか来るであろう子を待ちわびるのか。

「それでもあの女は幸せだろう」

必ず会える相手を待つのならばと、冬吾は素っ気なく言う。

「どのみち約束はこれで果たした。これで、すべて終わった」

母もこれで安心しただろうと低く呟いて、冬吾は踵を返した。足を向けたのはすぐそばの桜の根元、そこに枕屏風が広げて置いてある。

帰る前にもう一度だけ、今年はもう見ることのない桜を惜しんで、るいはあたりを見回した。

「あっ」

川面に目をやった時、思わず声をあげた。

「冬吾様！　あそこ！」

あちら側へ渡る舟が遠くに一艘、その上に人影が見えた。髷の真っ白な、小柄な老女だ。

るいはその人の姿を、一度もはっきりと見たことがない。だけど、わかった。間違いないと思った。

冬吾が振り返り、戻ってきてるいの傍らに立った。しばし渡し舟を凝視してから、いつぞやと同じ何ともいえない複雑な表情を見せて唸った。

「キヨ」

まるでそれが聞こえたかのように、老女は舟の上でこちらに顔を向けた。きっと笑っていただろう。会釈をし、そうしてまた前を向いた。

風が吹き、舞い上がった桜の花びらを運んで水面を駆ける。薄紅の帳《とばり》が広がって、渡し舟はその向こうに消えた。

「まったく。かなわんな」

冬吾は苦笑して、ぽつりと言葉を漏らした。

「……母親って、すごいですね」

今度こそ帰る段になり、枕屏風の前に立った時、るいはしみじみとそんなことを言った。

「なんだ、藪《やぶ》から棒に」

「だって、子供のためになら、どんなことだってやろうとするし、出来るじゃないですか。そういう母親の強さというのは、すごいなあって」

今度のことで、るいは母親というものの子に対する想いの強さ、深さを目《ま》の当たりにした。

八枝も音羽も、そしてキヨも。子のためならば何をも厭わず、死んだ後にも手を差し伸べて助けようとし、時にその愛情は狂気と紙一重だ。

いつか自分も子の親になったら、そういう気持ちになるのだろうかと、るいは思った。今はまだ想像もつかないけれど。

「それは、母親にかぎったことではないだろう」

「え……」

冬吾はふんと鼻を鳴らした。

「おまえは作蔵がどうして妖怪になってまで、この世にとどまっていると思うんだ？」

るいは、目を瞠った。

(……そっか)

うん、そうなのか。

お父っつぁんは、ただ間抜けな死に方をしたわけじゃなかったんだと、じんわりとしたところで、るいははたと気がついた。

「そういえばお父っつぁん、姿が見えないけど、どこへ行ったんだろ……？」

うっかり忘れていたが、この枕屏風はなかなか気難しいモノであった。場所だの時刻だの天候だのといった細かな条件が揃わなければ、戸口の役には立たない。当然、相手も選ぶ。本来なら巷で桜が咲いて散る短い間しか、あやかしっぷりを発揮しないのだが、今度のことでは多分、キヨに頼まれたので特別に力を貸したというところだ。

作蔵はどうも今回、枕屏風に袖にされてしまったらしい。視界が明るくなったと思ったら、るいと冬吾の姿はなく、おのれは店の中に戻されていた。ぬりかべが置いてけ堀《ぼり》とはこれいかに。

仕方がないので店の壁で二人を待っている間、同じく取り残されていた大鎚と意気投合した。そこに退屈していたナツも加わって、皆で仲良く酒を飲みはじめたという次第である。

そういうわけで、るいと冬吾がこちらに戻ったとたんに目にしたのは、ぬりかべと大鎚と化け猫が、土間で輪になって酒宴を開いているという、百鬼夜行さながらの図であった。

九

翌日、冬吾は事の顚末を伝えるために、辰巳神社へ向かった。るいもお供をして、冬吾が周音と話をしている間は、お壱のところで待っていた。

どうせいつもみたいにけんけんした遣り取りになるのでしょうねと思っていたら、案の定、半刻もしないうちに冬吾が毛を逆立てた猫みたいに不機嫌な様子で、境内にあらわれた。

「これであいつともう係わらずにすむと思うと、せいせいする」

駆け寄ったるいにそう吐き捨てると、冬吾は「二度と来るか」と肩をそびやかせて歩きだした。

「あ、ちょっと待ってください。あたし、まだ用事が」

「なんだ」

「お待たせしませんから。すぐ戻ります！」

るいは社の裏へ、佐々木の家に向かって駆けだした。取り次ぎを頼むと、すぐに周音が顔を出した。るいを見ておやという顔をする。

「九十九字屋の奉公人か」

「るいです。あの、お伝えしたいことがあります」

「伝えたい？　私にか」

「音羽さんから、あなたに」

――言伝があるんです。これも、向こう側にいるあの人から。

これが、キヨの頼み事であった。

「どうか身体だけはおいといなさい。あなたのことを、いつでもちゃんと見ていますからね、と」

周音は一瞬、息を詰めたようであった。が、すぐに表情を緩ませる。驚いたことに、くっくっと笑った。

いつもすましているか尖った顔しか見ていなかったので、意外な気がしてるいは目を丸くする。

「やれやれ。お見通しか」

「え？」

「冬吾を苛めるのもほどほどにしておけということだ」

「え、え？」

そうだろうか。いつでもあの世から見守っているという意味だと思ったけどと、るいは首を捻った。その心の中を見透かしたように、

「母が私を気遣ってくれていることなど、十分に知っている。そんなこともわからない子供では、もうない」

「はあ」

だが、と周音は実に楽しそうに言った。

「やめられんな。冬吾をかまうのは、面白い。あいつはすぐにムキになるから」

るいは呆れた。

お壱から話を聞いて、自分は母にかまってもらえない、身体の弱い弟ほど愛情をかけてもらえないと拗《す》ねていた十二の子供にすっかり同情していたというのに。口ではどう言おうと、それでも弟に寄りつくあやかしを祓って守ろうとした、その優しさに少しばかり感動していたというのに。

「じゃあ周音様はやっぱり、わざと冬吾様に意地悪をしていたんですか？」

「悪いか」

「たいていは悪いですよ」

(このの、ひねくれ者)

るいはため息をついた。

まったく、兄弟そろって、よく似たひねくれ者だ。正反対の二人だと思ったけれど、嫌味だったり偉そうだったり、そういうところはそっくりだ。

周音はにやりとしたが、その口調は真摯《しんし》だった。

「母の言葉を伝えてくれたことは、礼を言う。たまには叱られるのもよいものだ」


「何をしていたんだ」

境内に戻ると、当たり前だが冬吾の不機嫌の度合いは、さらに増していた。

「ええと、あのう……厠《かわや》へ」

話がややこしくなりそうなので、音羽からの言伝のことは、黙っていることにした。

冬吾は鼻を鳴らすと、「帰るぞ」と踵《きびす》を返した。

お壱が鳥居まで見送ってくれた。それに頭を下げて、るいは足早に歩いてゆく冬吾を追った。

遅い春の陽射しは暖かく、橋を渡れば川面から吹く風は新緑の青い匂いを含んでいた。

気づけば弥生三月ももう半ば、るいが六間堀の橋に立って行くあてもなく途方に暮れていたあの日から、一年が過ぎた。

あの時は自分のツキのなさを盛大にぼやいていたものだけど。

少し先をゆく冬吾をせっせと追いかけながら、るいは思う。

一年前には思いも寄らなかった、今の日々。あやかしに振り回されることはあっても、悪くない。

帰る場所があって、帰るぞと言ってくれる人がいる。それはとても幸せなことだ。

どうかこんな日々が、これからもずっとつづきますように。

るいは心の中で、手を合わせて願った。

そしてどうか、そろそろ店にお客様が来てくれますように、と。

光文社文庫

文庫書下ろし
おとろし屏風《びょうぶ》　九十九字《つくもじ》ふしぎ屋《や》 商《あきな》い中《ちゅう》
著　者　霜《しも》 島《じま》 け い

2019年7月20日　初版1刷発行

発行者　鈴　木　広　和
印　刷　萩　原　印　刷
製　本　ナショナル製本

発行所　株式会社　光　文　社
〒112-8011　東京都文京区音羽1-16-6
電話（03）5395-8149　編 集 部
8116　書籍販売部
8125　業 務 部

ISBN978-4-334-77837-8　Printed in Japan

組版　萩原印刷

光文社文庫最新刊

抗争　聡四郎巡検譚㈣	上田秀人
満潮	朝倉かすみ
ぶたぶたのティータイム	矢崎存美《ありみ》
月と太陽の盤　碁盤師・吉井利仙の事件簿	宮内悠介
フェイク・ボーダー　難民調査官	下村敦史
彼女は死んでも治らない	大澤めぐみ
獲物　強請屋稼業	南　英男
獣《ウルフ》たちの黙示録㈦死闘篇　エアウェイ・ハンター・シリーズ	大藪《おおやぶ》春彦

光文社文庫最新刊

バネジョのお嬢様が焼くパンケーキは謎の香り2	文月向日葵《ふみつきひまわり》
同期のサクラ　ひよっこ隊員の訓練日誌	夏来《なつき》　頼《らい》
僕らの空	西奏楽《にしぞら》　悠《ゆう》
縁結びの罠　大江戸木戸番始末(十)	喜安幸夫
慶応えびふらい　南蛮おたね夢料理(九)	倉阪鬼一郎
忍び狂乱　日暮左近事件帖	藤井邦夫
おとろし屏風《びょうぶ》　九十九字ふしぎ屋　商い中	霜島けい
戦国十二刻　終わりのとき	木下昌輝